# 诗经

中华国学经典精粹

李青 译

北京联合出版公司
Beijing United Publishing Co.,Ltd.

图书在版编目（CIP）数据

诗经 / 李青译 . —北京：北京联合出版公司，2015.7（2020.8 重印）

（中华国学经典精粹）

ISBN 978-7-5502-2590-9

Ⅰ . ①诗… Ⅱ . ①李… Ⅲ . ①古体诗－诗集－中国－春秋时代②《诗经》－通俗读物 Ⅳ . ① I222.2

中国版本图书馆 CIP 数据核字（2014）第 313635 号

诗经

作　　者：李　青

责任编辑：崔保华

封面设计：颜　森

北京联合出版公司出版

（北京市西城区德外大街 83 号楼 9 层　100088）

北京华夏墨香文化传媒有限公司发行

三河市东兴印刷有限公司印刷　新华书店经销

字数 130 千字　880 毫米 ×1230 毫米　1/32　5 印张

2019 年 5 月第 3 版　2020 年 8 月第 13 次印刷

ISBN 978-7-5502-2590-9

定价：36.00 元

# 前言

作为中国古代诗歌的开端，《诗经》中的许多诗句因其字词美妙、内涵丰富、意蕴深长的特征，而为后世之人不断引用，至今仍在中国文化领域熠熠生辉。

《诗经》中的爱情诗最为人们所熟知。比如，“窈窕淑女，君子好逑”，将人们对郎才女貌、才子佳人的爱情追求描写得淋漓尽致；“一日不见，如三秋兮”，将恋人分离的煎熬和痛苦表现得贴切生动，以至于经历数代流传而不见丝毫褪色；“执子之手，与子偕老”，直至今日仍作为坚贞的誓言，支撑着人们携手走过一场又一场的爱情考验。

《诗经》当然不仅仅描述爱情，它更是一本 “周代社会的百科全书”，它广泛而真实地展现了周代社会生活的方方面面，涉及的内容不仅有周人的婚恋，更有周人的民俗、农业、祭祀、战争和狩猎；它涉及的人物不仅有痴男怨女，更有没落贵族、农民、小官吏和奴隶。

《诗经》分为《风》《雅》《颂》三类。《风》又称《国风》，包含了十五个周代诸侯国和地区的民间歌谣，其中一部分诗歌来自当时劳动者的口头创作。这种口头创作的歌谣保留了最鲜活的底层民间风味，充满了早期人类生活的原始和野性，是《诗经》中最为出彩的篇章。

《雅》又分为《小雅》和《大雅》，《大雅》主要是应用于朝会典礼的乐歌，包括开国史诗和一部分政治诗，可当作史料阅读，对于重现当时的政治生活、了解周朝的兴衰过程，有着重要的借鉴意义。《小雅》则扩大了表现范围，从朝会延伸至贵族阶层，从表现重大的国家兴亡到表现士大夫和贵族的生活，在题材上有所开拓。

《颂》则分为《周颂》《鲁颂》《商颂》。《周颂》是西周王室的宗庙祭祀乐歌，《鲁颂》是春秋时期鲁国的宗庙祭祀乐歌，《商颂》是殷商后裔宋国的宗庙祭祀乐歌，其中以《周颂》最具代表性。祭祀是中国古代社会生活的重要组成部分，《国风》中就有多首表现民间祭祀的诗歌，而《颂》专门记述宗庙祭祀，其中既有对君王的美化与歌颂，亦表现出先民的社会理想和时代的进程。

《诗经》是简单的：它体例清晰，篇目分明；赋、比、兴三种艺术手法，贯穿全书；通篇以四言为主，简洁明了；韵律优美，富有节奏；便于诵读，朗朗上口。

《诗经》又是复杂的：洋洋洒洒三百篇，流传至今已近三千年，其中的用字、本义、主旨，无不晦涩难解；赋、比、兴，常常是你中有我，我中有你，使得诗篇的要旨多变；四言句式，言简义丰，造成歧义不断，难成定论。

然而，正因如此，《诗经》才读不尽，也说不完。每个人都能读出一部属于自己的《诗经》。但要真正读懂《诗经》，你需要细读《诗经》，不是执意着眼于《诗经》的外部研究，也不是盲目追随别人的“一家之言”，而是从每一首诗的字、词、句入手，对《诗经》形成感性的体验和客观的认识。

本书对诗的内容进行详尽的生僻字注音和注释，以扫清我们阅读《诗经》的障碍。

《诗经》的美丽、无邪，《诗经》的言外之意、意内之叹、叹中之思，《诗经》的口耳相传、千古不衰，都能在《诗经》的文字里找到答案。

# 目录

## 风篇


周南 / 002

关雎 / 002
葛覃 / 002
卷耳 / 003
樛木 / 004
螽斯 / 004
桃夭 / 005
兔罝 / 005
芣苢 / 005
汉广 / 006
汝坟 / 006
麟之趾 / 007

召南 / 008

鹊巢 / 008
采蘩 / 008
草虫 / 009
采蘋 / 009
甘棠 / 010
行露 / 010
羔羊 / 011
殷其靁 / 011
摽有梅 / 012
小星 / 012
江有汜 / 013
野有死麕 / 013
何彼襛矣 / 013
驺虞 / 014

邶风 / 015

柏舟 / 015
绿衣 / 016
燕燕 / 016
日月 / 017
终风 / 017
击鼓 / 018
凯风 / 019

雄雉 / 019
匏有苦叶 / 019
式微 / 020
旄丘 / 020
简兮 / 021
泉水 / 021
北门 / 022
北风 / 022
静女 / 023
新台 / 023
二子乘舟 / 024

鄘风 / 025

柏舟 / 025
墙有茨 / 025
君子偕老 / 026
桑中 / 026
鹑之奔奔 / 027
定之方中 / 027
蝃蝀 / 028
相鼠 / 028
干旄 / 029
载驰 / 029

卫风 / 031

淇奥 / 031
考槃 / 031
硕人 / 032
氓 / 033
竹竿 / 034
芄兰 / 034
河广 / 035
伯兮 / 035
有狐 / 036
木瓜 / 036

王风 / 037

黍离 / 037
君子于役 / 037
君子阳阳 / 038
扬之水 / 038
中谷有蓷 / 038
兔爰 / 039
葛藟 / 040
采葛 / 040
大车 / 040
丘中有麻 / 041

郑风 / 042

缁衣 / 042
将仲子 / 042
叔于田 / 043
大叔于田 / 043
清人 / 044
羔裘 / 044
遵大路 / 045

女曰鸡鸣 / 045
有女同车 / 046
山有扶苏 / 046
萚兮 / 046
狡童 / 047
褰裳 / 047
丰 / 047
东门之墠 / 048
风雨 / 048
子衿 / 48
扬之水 / 049
出其东门 / 049
野有蔓草 / 050
溱洧 / 050

齐风 / 051

鸡鸣 / 051
还 / 051
著 / 052
东方之日 / 052
东方未明 / 052
南山 / 053
甫田 / 053
卢令 / 054
敝笱 / 054
载驱 / 054
猗嗟 / 055

魏风 / 056

葛屦 / 056
汾沮洳 / 056
园有桃 / 057
陟岵 / 057
十亩之间 / 058
伐檀 / 058
硕鼠 / 059

唐风 / 060

蟋蟀 / 060
山有枢 / 060
扬之水 / 061
椒聊 / 061
绸缪 / 062
杕杜 / 062
羔裘 / 063
鸨羽 / 063
无衣 / 063
有杕之杜 / 064
葛生 / 064
采苓 / 065

秦风 / 066

车邻 / 066
驷驖 / 066
小戎 / 066
蒹葭 / 067

终南 / 068
黄鸟 / 068
晨风 / 069
无衣 / 069
渭阳 / 070
权舆 / 070

陈风 / 071

宛丘 / 071
东门之枌 / 071
衡门 / 071
东门之池 / 072
东门之杨 / 072
墓门 / 073
防有鹊巢 / 073
月出 / 073
株林 / 074
泽陂 / 074

桧风 / 075

羔裘 / 075
素冠 / 075
隰有苌楚 / 075
匪风 / 076

曹风 / 077

蜉蝣 / 077
候人 / 077
鸤鸠 / 078
下泉 / 078

豳风 / 079

七月 / 079
鸱鸮 / 081
东山 / 081
破斧 / 082
伐柯 / 083
九罭 / 083
狼跋 / 084

## 雅 篇

小雅 / 086

鹿鸣 / 086
四牡 / 086
皇皇者华 / 087
常棣 / 087
伐木 / 088
天保 / 089
采薇 / 090
出车 / 090

杕杜 / 091
鱼丽 / 092
南有嘉鱼 / 092
南山有台 / 093
蓼萧 / 093
湛露 / 094
彤弓 / 094
菁菁者莪 / 095
六月 / 095
采芑 / 096
车攻 / 097
吉日 / 097
鸿雁 / 098
庭燎 / 099
沔水 / 099
鹤鸣 / 100
祈父 / 100
白驹 / 100
黄鸟 / 101
我行其野 / 101
无羊 / 102
十月之交 / 102
小旻 / 104
小宛 / 104
巧言 / 105
何人斯 / 106
巷伯 / 107
谷风 / 108
蓼莪 / 108
四月 / 109
北山 / 109
无将大车 / 110
鼓钟 / 111
信南山 / 111
甫田 / 112
大田 / 113
瞻彼洛矣 / 114
裳裳者华 / 114
桑扈 / 115
鸳鸯 / 115
頍弁 / 115
车舝 / 116
青蝇 / 117
鱼藻 / 117
采菽 / 117
角弓 / 118
菀柳 / 119
都人士 / 119
采绿 / 120
黍苗 / 120
隰桑 / 121

## 大雅 / 122

文王 / 122
棫朴 / 123
旱麓 / 123
思齐 / 123
灵台 / 124

下武 / 125
文王有声 / 125
行苇 / 126
既醉 / 126
凫鹥 / 127
假乐 / 128
泂酌 / 128
民劳 / 129
烝民 / 129

## 颂 篇

周颂 / 132

清庙 / 132
维天之命 / 132
维清 / 132
烈文 / 133
天作 / 133
昊天有成命 / 133
我将 / 134
时迈 / 134
执竞 / 135
思文 / 135
臣工 / 135
噫嘻 / 136
振鹭 / 136
丰年 / 137
有瞽 / 137
潜 / 137
雝 / 138
载见 / 138
有客 / 139
武 / 139
闵予小子 / 139
访落 / 140
敬之 / 140
小毖 / 140
载芟 / 141
良耜 / 141
丝衣 / 142
酌 / 142
桓 / 143
赉 / 143
般 / 143

鲁颂 / 144

駉 / 144
有駜 / 144

商颂 / 146

那 / 146
烈祖 / 146
玄鸟 / 147
殷武 / 147

# 风篇

# 周南

## 关雎

关关雎鸠[①]，在河之洲。窈窕淑女，君子好逑[②]。
参差荇菜[③]，左右流之[④]。窈窕淑女，寤寐求之[⑤]。
求之不得，寤寐思服[⑥]。悠哉悠哉，辗转反侧。
参差荇菜，左右采之。窈窕淑女，琴瑟友之。
参差荇菜，左右芼之[⑦]。窈窕淑女，钟鼓乐之。

**【注释】**

①关关：鸟鸣声。雎（jū）鸠：一种水鸟的名字。　②逑（qiú）：配偶。　③荇（xìng）菜：一种可以食用的水生植物。④流：顺着水流采摘。　⑤寤（wù）：醒来。寐（mèi）：入睡。　⑥思服：思念。　⑦芼（mào）：择取。

## 葛覃

葛之覃兮[①]，施于中谷[②]，维叶萋萋[③]。黄鸟于飞[④]，集于灌木[⑤]，其鸣喈喈[⑥]。

葛之覃兮，施于中谷，维叶莫莫[⑦]。是刈是濩[⑧]，为絺为绤[⑨]，服之无斁[⑩]。

言告师氏[⑪]，言告言归[⑫]。薄污我私[⑬]，薄浣我衣[⑭]。害浣害否[⑮]，归宁父母[⑯]。

**【注释】**

①葛：一种蔓草，在此处指蔓生之藤。　②施（yì）：蔓

窈窕淑女，君子好逑。

延。中谷：在山谷中。 ③维：语助词。萋（qī）萋：茂盛的样子。 ④黄鸟：黄雀。于：助词。 ⑤集：栖息。 ⑥喈（jiē）喈：鸟儿婉转鸣叫的声音。 ⑦莫莫：茂盛。 ⑧刈（yì）：割取。濩（huò）：用热水煮东西，这里是指将葛放在水里煮。 ⑨絺（chī）：细葛布。绤（xì）：粗葛布。 ⑩斁（yì）：厌倦。 ⑪师氏：保姆。 ⑫言：语气助词，另一说，“言”为我。归：原意指出嫁，也可指回娘家。 ⑬薄：助词。⑭浣（huàn）：洗涤。衣：外衣。 ⑮害：通“曷”，即何。否：表示否定，此处指不用洗的衣服。 ⑯归宁：回家以慰父母之心，或指出嫁以让父母安心。

## 卷耳

采采卷耳[①]，不盈顷筐[②]。嗟我怀人[③]，寘彼周行[④]。

陟彼崔嵬[⑤]，我马虺隤[⑥]。我姑酌彼金罍[⑦]，维以不永怀[⑧]。

陟彼高冈，我马玄黄[⑨]。我姑酌彼兕觥[⑩]，维以不永伤。

陟彼砠矣[⑪]，我马瘏矣[⑫]，我仆痡矣[⑬]，云何吁矣[⑭]！

**【注释】**

①采采：一说采摘；一说形容野草茂盛之状。卷耳：一种野菜，今名苍耳。 ②顷筐：今天的畚箕。 ③嗟：语气助词，另一说叹息声。 ④寘（zhì）：同“置”，放下之意。周行：大路。 ⑤陟（zhì）：登高。崔嵬（wéi）：高而不平的土石山。 ⑥虺隤（huǐ tuí）：疲惫无力的样子。 ⑦罍（léi）：像酒坛一样大肚小口的盛酒器皿。 ⑧维：发语词。永：长久。⑨玄黄：形容马腿脚疲软之病。 ⑩兕觥（sì gōng）：一种饮酒器，形状像伏着的犀牛。 ⑪砠（jū）：山中陡峭、有阻碍

的地方。 ⑫瘏（tú）：马因疲病而无法前行。 ⑬痡（pū）：人过度疲惫、无法走路的样子。 ⑭云何：奈何，如之何。吁（xū）：忧愁。

## 樛木

南有樛木[①]，葛藟累之[②]。乐只君子[③]，福履绥之[④]！
南有樛木，葛藟荒之[⑤]。乐只君子，福履将之[⑥]！
南有樛木，葛藟萦之[⑦]。乐只君子，福履成之[⑧]！

**【注释】**

①樛（jiū）木：弯曲的树。 ②葛藟（lěi）：葛和藟都是蔓生植物。累（léi）：攀缘。 ③只：助词。君子：此处指结婚的新郎。 ④福履：福禄，幸福。绥（suí）：安乐。 ⑤荒：覆盖，遮掩。 ⑥将：一说“扶助”；一说“大”。 ⑦萦（yíng）：缠绕。 ⑧成：来到。

## 螽斯

螽斯羽[①]，诜诜兮[②]。宜尔子孙，振振兮[③]。
螽斯羽，薨薨兮[④]。宜尔子孙，绳绳兮[⑤]。
螽斯羽，揖揖兮[⑥]。宜尔子孙，蛰蛰兮[⑦]。

**【注释】**

①螽（zhōng）斯：或名斯螽，一种蝗虫，即飞蝗，俗称蚂蚱。 ②诜（shēn）诜：同“莘莘”，众多貌。 ③振振：盛多的样子。 ④薨（hōng）薨：形容螽斯的齐鸣。 ⑤绳绳：绵延不绝的样子。 ⑥揖（jí）揖：同“集集”，汇聚。 ⑦蛰（zhé）蛰：群聚欢乐的样子。

## 桃夭

桃之夭夭[①]，灼灼其华[②]。之子于归[③]，宜其室家[④]。

桃之夭夭，有蕡其实[⑤]。之子于归，宜其家室。

桃之夭夭，其叶蓁蓁[⑥]。之子于归，宜其家人。

**【注释】**

①夭夭：花朵怒放的样子。 ②灼灼：桃花盛开，色彩鲜艳如火的样子。 ③之子：这位姑娘。归：指出嫁。 ④宜：和顺、亲善。室家：家庭。 ⑤蕡（fén）：硕大。 ⑥蓁（zhēn）：叶子茂盛的样子。

## 兔罝

肃肃兔罝[①]，椓之丁丁[②]。赳赳武夫[③]，公侯干城[④]。

肃肃兔罝，施于中逵[⑤]。赳赳武夫，公侯好仇[⑥]。

肃肃兔罝，施于中林[⑦]。赳赳武夫，公侯腹心。

**【注释】**

①肃肃：端庄严正的样子。兔：通“菟”，指老虎。罝（jū）：捕兽的网。 ②椓（zhuó）：打击。丁（zhēng）丁：击打的声音。 ③赳赳：轻捷有力。武夫：武士。 ④公侯：周封列国爵位，泛指统治者。干：通“捍”。干城：御敌捍卫之城。 ⑤中逵（kuí）：四通八达的交叉路口。 ⑥仇（qiú）：匹配，辅助。 ⑦林：牧外谓之野，野外谓之林。中林：林中。

## 芣苢

采采芣苢[①]，薄言采之[②]。采采芣苢，薄言有之[③]。

采采芣苢，薄言掇之[4]。采采芣苢，薄言捋之[5]。

采采芣苢，薄言袺之[6]。采采芣苢，薄言襭之[7]。

**【注释】**

①采采：采了又采。芣苢（fú yǐ）：植物名，即车前子。②薄言：发语词，无实义。 ③有（yǐ）：取。 ④掇（duō）：拾取。 ⑤捋（luō）：以手掌握物，摘取物体。 ⑥袺（jié）：用衣襟兜东西。 ⑦襭（xié）：翻转衣襟掖于腰带以兜东西。

## 汉广

南有乔木[1]，不可休思[2]。汉有游女[3]，不可求思。汉之广矣，不可泳思。江之永矣[4]，不可方思[5]。

翘翘错薪[6]，言刈其楚[7]。之子于归[8]，言秣其马[9]。汉之广矣，不可泳思。江之永矣，不可方思。

翘翘错薪，言刈其蒌[10]。之子于归，言秣其驹。汉之广矣，不可泳思。江之永矣，不可方思。

**【注释】**

①乔木：形容树木高大笔直。 ②思：语助词，下同。 ③汉：汉水。游女：游玩的女子。 ④江：指长江。永：长。 ⑤方：筏子，此处用作动词，意思是乘木筏渡江。 ⑥翘翘：高出。错薪：丛丛杂生的柴草。 ⑦刈（yì）：割。楚：荆树。 ⑧于归：女子出嫁。 ⑨秣（mò）：用谷草喂马。 ⑩蒌（lóu）：蒌蒿，也叫白蒿，一种生在水边的草。

## 汝坟

遵彼汝坟[1]，伐其条枚[2]。未见君子[3]，惄如调饥[4]。

遵彼汝坟，伐其条肄[5]。既见君子，不我遐弃[6]。

鲂鱼赪尾[7]，王室如燬[8]。虽则如燬，父母孔迩[9]。

【注释】

①遵：循，沿。汝：汝河，源出河南省。坟：大堤。②条：山楸树。一说树干（枝曰条，干曰枚）。③君子：此处指在外服役或为官的丈夫。④惄（nì）：饥，一说忧愁。调（zhōu）：又作“輖”，同“朝”，早晨。调饥：早上挨饿，喻男女欢情未得满足。⑤肄（yì）：树被砍伐后再生的小枝。⑥遐：远。⑦鲂（fáng）鱼：鳊鱼。赪（chēng）：赤红色。⑧燬（huǐ）：烈火，齐人将火称为燬。⑨孔：甚。迩（ěr）：近，此处指迫近饥寒之境。

## 麟之趾

麟之趾[1]，振振公子[2]。于嗟麟兮[3]！

麟之定[4]，振振公姓[5]。于嗟麟兮！

麟之角，振振公族[6]。于嗟麟兮！

【注释】

①麟：麒麟，传说中的动物。趾：足，此处是指麒麟的蹄。②振（zhēn）振：诚实仁厚的样子。③于（xū）：通“吁”，叹词。④定：额头。⑤公姓：一说公姓即公子，原诗为协韵，因此变文。⑥公族：同“公姓”。

# 召南

## 鹊巢

维鹊有巢[1]，维鸠居之[2]。之子于归，百两御之[3]。
维鹊有巢，维鸠方之[4]。之子于归，百两将之[5]。
维鹊有巢，维鸠盈之[6]。之子于归，百两成之[7]。

**【注释】**

①维：发语词。鹊：喜鹊。有巢：比兴男子已造家室。②鸠：鸤鸠、斑鸠。今名布谷鸟。　③百：虚数，指数量多。两：同“辆”。御（yà）：同“迓”，迎接。　④方：并，比，此处指占居。　⑤将（jiāng）：扶，持。　⑥盈：满。此处指陪嫁的人众多。　⑦成：结婚礼成。

## 采蘩

于以采蘩[1]？于沼于沚[2]。于以用之？公侯之事[3]。
于以采蘩？于涧之中[4]。于以用之？公侯之宫[5]。
被之僮僮[6]，夙夜在公[7]。被之祁祁[8]，薄言还归[9]。

**【注释】**

①于以：往哪儿。一说语助词。蘩（fán）：白蒿。叶片形状很像艾叶，根茎可食，古代常用来祭祀。　②沼：水池。沚（zhǐ）：水中小洲。　③事：此指祭祀。　④涧：山夹水曰涧。　⑤宫：大的房子。汉代以后才专指皇宫。　⑥被：

之子于归，百两成之。

首饰，相当于今天的假发。僮（tóng）僮：一说首饰很多的样子，一说光洁不坏的样子。 ⑦夙：早。公：公庙。 ⑧祁（qí）祁：形容头发蓬松。 ⑨归：归寝。

## 草虫

喓喓草虫[①]，趯趯阜螽[②]。未见君子，忧心忡忡[③]。亦既见止[④]，亦既觏止[⑤]，我心则降！

陟彼南山[⑥]，言采其蕨[⑦]。未见君子，忧心惙惙[⑧]。亦既见止，亦既觏止，我心则说[⑨]！

陟彼南山，言采其薇[⑩]。未见君子，我心伤悲。亦既见止，亦既觏止，我心则夷！

**【注释】**

①喓（yāo）喓：虫鸣声。草虫：蝈蝈。 ②趯（tì）趯：昆虫跳跃之状。阜螽（zhōng）：蚱蜢。 ③忡（chōng）忡：心跳。 ④止：之，他。一说语助词。 ⑤觏（gòu）：遇合。⑥陟（zhì）：升，登。 ⑦蕨（jué）：植物名，蕨菜。 ⑧惙（chuò）惙：愁苦的样子。 ⑨说（yuè）：通“悦”。 ⑩薇：即山菜。

## 采蘋

于以采蘋[①]？南涧之滨。于以采藻[②]？于彼行潦[③]。

于以盛之？维筐及筥[④]。于以湘之[⑤]？维锜及釜[⑥]。

于以奠之[⑦]？宗室牖下[⑧]。谁其尸之[⑨]？有齐季女[⑩]。

**【注释】**

①蘋：多年生水草，又名大萍，可食用。 ②藻：水藻。

③行潦（háng lǎo）：沟中积水。行，通“衍”，水沟。潦，流水、积水。④筥（jǔ）：圆形的筐。方称筐，圆称筥。⑤湘：烹，煮。⑥锜（qí）：三足锅。釜（fǔ）：无足锅。⑦奠：放置。⑧宗室：宗庙、祠堂。牖（yǒu）：天窗。⑨尸：主持祭祀。⑩齐（zhāi）：通“斋”，美好、恭敬。季：少、小。

## 甘棠

蔽芾甘棠①，勿翦勿伐②，召伯所茇③。

蔽芾甘棠，勿翦勿败④，召伯所憩⑤。

蔽芾甘棠，勿翦勿拜⑥，召伯所说⑦。

**【注释】**

①蔽芾（fèi）：树木高大茂密。甘棠：棠梨。②翦：同“剪”。伐：砍伐。③召（shào）伯：即召公，名奭（shì），姬姓，封于燕。茇（bá）：草舍，此处作动词用，居住的意思。④败：毁坏。⑤憩（qì）：休息。⑥拜：拔，一说屈、折。⑦说（shuì）：通“税”，停歇，止息。

## 行露

厌浥行露①，岂不夙夜？谓行多露②。

谁谓雀无角③？何以穿我屋？谁谓女无家④？何以速我狱⑤？虽速我狱，室家不足⑥。

谁谓鼠无牙？何以穿我墉⑦？谁谓女无家？何以速我讼？虽速我讼，亦不女从。

【注释】

①厌浥（yì）：沾湿。行：道路。 ②谓：同“畏”，意指害怕露浓，与下文“谁谓”的“谓”意思不同；一说奈何。③角：鸟嘴。 ④女：同“汝”，你。无家：没有成家。⑤速：招致。狱：案件。 ⑥室家不足：要求成婚的理由不充分。 ⑦墉（yōng）：墙。

## 羔羊

羔羊之皮，素丝五纶[①]。退食自公，委蛇委蛇[②]。

羔羊之革[③]，素丝五緎[④]。委蛇委蛇，自公退食。

羔羊之缝[⑤]，素丝五总[⑥]。委蛇委蛇，退食自公。

【注释】

①五纶（tuó）：缝制细密的样子。五：通“午”，交错。②委蛇（wēi yí）：同“逶迤”，悠闲自得的样子。 ③革：皮。 ④緎（yù）：缝。 ⑤缝：缝合之处。 ⑥总（zōng）：语义同纶。

## 殷其靁

殷其靁[①]，在南山之阳[②]。何斯违斯[③]？莫敢或遑[④]。振振君子[⑤]，归哉归哉！

殷其靁，在南山之侧。何斯违斯？莫敢遑息。振振君子，归哉归哉！

殷其靁，在南山之下。何斯违斯？莫敢遑处[⑥]。振振君子，归哉归哉！

【注释】

①殷：雷声。靁（léi）：古字，今写成“雷”。 ②阳：山南为阳。 ③斯：指示词。前一“斯”字指此时，后一“斯”字指此地。违：离去。 ④或：有。遑（huáng）：闲暇。 ⑤振振：勤奋的样子。 ⑥处：停留。

## 摽有梅

摽有梅[①]，其实七兮。求我庶士[②]，迨其吉兮[③]。

摽有梅，其实三兮。求我庶士，迨其今兮[④]。

摽有梅，顷筐塈之[⑤]。求我庶士，迨其谓之。

【注释】

①摽（biào）：坠落。有：语助词。 ②庶：很多。士：未婚的男子。 ③迨（dài）：及。吉：好日子。 ④今：现在。⑤顷筐：畚箕。塈（jì）：一说取，一说给。

## 小星

嘒彼小星[①]，三五在东。肃肃宵征[②]，夙夜在公。寔命不同[③]！

嘒彼小星，维参与昴[④]。肃肃宵征，抱衾与裯[⑤]。寔命不犹！

【注释】

①嘒（huì）：微光闪烁。 ②肃肃：急急忙忙的样子。宵：天未亮以前。征：行。 ③寔：同“实”。 ④维：是。参（shēn）、昴（mǎo）：星宿名。 ⑤抱：古“抛”字。

## 江有汜

江有汜[①]，之子归，不我以。不我以，其后也悔！

江有渚[②]，之子归，不我与。不我与，其后也处[③]！

江有沱[④]，之子归，不我过。不我过，其啸也歌[⑤]！

【注释】

①汜（sì）：由主流分出而后重新汇合的河水。②渚（zhǔ）：指水中小洲。③处：忧愁。④沱（tuó）：沱江，长江的支流。⑤啸：号哭。

## 野有死麕

野有死麕[①]，白茅包之。有女怀春[②]，吉士诱之[③]。

林有朴樕[④]，野有死鹿。白茅纯束[⑤]，有女如玉。

舒而脱脱兮[⑥]！无感我帨兮[⑦]！无使尨也吠[⑧]！

【注释】

①麕（jūn）：獐子，体形比鹿小，无角。②怀春：思春。③吉士：对男子的美称。④朴樕（sù）：丛生的小型灌木。⑤纯束：捆扎，包裹。"纯"为"稛（kǔn）"的假借。⑥脱（duì）脱：动作文雅舒缓。⑦感（hàn）：通"撼"，动摇的意思。帨（shuì）：佩巾，围裙。⑧尨（máng）：多毛的狗。

## 何彼襛矣

何彼襛矣[①]？唐棣之华[②]。曷不肃雝[③]？王姬之车[④]。

何彼秾矣？华如桃李。平王之孙[5]，齐侯之子[6]。

其钓维何？维丝伊缗[7]。齐侯之子，平王之孙。

【注释】

①秾（nóng）：花木繁盛的样子。 ②唐棣（dì）：树名，又作棠棣。一说指车帷。 ③曷（hé）：疑问代词，何。雍（yōng）：和谐、安详。 ④王姬：周王的女儿，一说为美女的代称。 ⑤平王之孙：是对男女婚姻的夸美之词。 ⑥齐侯之子：齐国诸侯之子。 ⑦其钓维何？维丝伊缗（mín）：是婚姻恋爱的隐语，或指男女双方门当户对、婚姻美满，或指用适当的方法求婚。

## 驺虞

彼茁者葭[1]，壹发五豝[2]，于嗟乎驺虞[3]！

彼茁者蓬[4]，壹发五豵[5]，于嗟乎驺虞！

【注释】

①茁（zhuó）：草初生的样子。 ②豝（bā）：小母猪。③驺虞（zōu yú）：一说猎人，一说义兽，一说古牧猎官。④蓬（péng）：飞蓬、蓬蒿。 ⑤豵（zōng）：小猪。

# 邶风

## 柏舟

汎彼柏舟[1]，亦汎其流。耿耿不寐[2]，如有隐忧[3]。微我无酒[4]，以敖以游。

我心匪鉴，不可以茹[5]。亦有兄弟，不可以据[6]。薄言往愬[7]，逢彼之怒。

我心匪石，不可转也。我心匪席，不可卷也。威仪棣棣[8]，不可选也[9]。

忧心悄悄[10]，愠于群小[11]。覯闵既多[12]，受侮不少。静言思之，寤辟有摽[13]。

日居月诸！胡迭而微？心之忧矣，如匪浣衣。静言思之，不能奋飞。

**【注释】**

①汎：漂流，漂浮。 ②耿耿：鲁诗作“炯炯”，指眼睛明亮。 ③隐：痛。 ④微：非，不是。 ⑤茹（rú）：容纳。 ⑥据：依靠。 ⑦愬（sù）：同“诉”，告诉。 ⑧棣棣：丰富的样子。 ⑨选：同“巽”，退让。 ⑩悄悄：忧愁的样子。 ⑪愠（yùn）：恼怒，怨恨。 ⑫覯（gòu）：同“遘”，遭逢。闵（mǐn）：痛，指患难。 ⑬寤：交互。辟（pì）：通“擗”，抚心。摽（biào）：捶打。

## 绿衣

绿兮衣兮，绿衣黄里。心之忧矣，曷维其已[①]！

绿兮衣兮，绿衣黄裳[②]。心之忧矣，曷维其亡！

绿兮丝兮，女所治兮[③]。我思古人[④]，俾无訧兮[⑤]。

絺兮绤兮[⑥]，凄其以风[⑦]。我思古人，实获我心。

**【注释】**

①曷：何。已：止。　②裳：下衣，形状如今天的裙子。③女（rǔ）：同“汝”。治：缝制。　④古人：指已亡故之人。　⑤俾（bǐ）：使。訧（yóu）：过失。　⑥絺（chī）：细葛布。绤（xì）：粗葛布。　⑦凄：凉而有寒意。

## 燕燕

燕燕于飞[①]，差池其羽[②]。之子于归[③]，远送于野。瞻望弗及，泣涕如雨[④]！

燕燕于飞，颉之颃之[⑤]。之子于归，远于将之[⑥]。瞻望弗及，伫立以泣！

燕燕于飞，下上其音。之子于归，远送于南[⑦]。瞻望弗及，实劳我心[⑧]！

仲氏任只[⑨]，其心塞渊[⑩]。终温且惠[⑪]，淑慎其身[⑫]。先君之思[⑬]，以勖寡人[⑭]。

**【注释】**

①燕燕：即燕子。　②差（cī）池：同“参差”，形容燕子张舒其尾翼。　③于归：出嫁。　④涕：眼泪。　⑤颉（jié）：向上飞。颃（háng）：向下飞。　⑥将：送。　⑦南：指卫

国的南边，一说野外。⑧劳：忧，劳神。⑨仲：排行第二。⑩塞（sè）：诚实。渊：深厚。⑪终：既，已经。惠：和顺。⑫淑：善良。⑬先君：已故的国君。⑭勖（xù）：勉励。

## 日月

日居月诸[①]，照临下土。乃如之人兮[②]，逝不古处[③]。胡能有定[④]？宁不我顾[⑤]？

日居月诸，下土是冒[⑥]。乃如之人兮，逝不相好[⑦]。胡能有定？宁不我报？

日居月诸，出自东方。乃如之人兮，德音无良[⑧]。胡能有定？俾也可忘[⑨]！

日居月诸，东方自出。父兮母兮，畜我不卒[⑩]。胡能有定？报我不述[⑪]！

**【注释】**

①居、诸：语尾助词。②乃：可是。之人：这个人。③古处：一说旧处，和原来一样相处。④胡：何，怎么。定：止。⑤宁：竟然，难道。⑥冒：覆盖，照耀。⑦相好：相爱。⑧德音：好的名誉。⑨俾（bǐ）：使。⑩畜：同“慉”，喜爱。不卒：不到最后。⑪不述：不循义理。

## 终风

终风且暴[①]，顾我则笑[②]，谑浪笑敖[③]，中心是悼[④]。

终风且霾[⑤]，惠然肯来[⑥]，莫往莫来[⑦]，悠悠我思。

终风且曀[⑧]，不日有曀[⑨]，寤言不寐，愿言则嚏[⑩]。

曀曀其阴[⑪]，虺虺其靁[⑫]，寤言不寐，愿言则怀。

【注释】

①终：既。暴：疾风。②则：而。③谑浪笑敖：戏谑。谑，调戏。浪，放荡。敖，放纵。④中心：心中。悼：烦忧，害怕。⑤霾（mái）：沙尘飞扬的景象。⑥惠：顺。⑦莫往莫来：不相往来。⑧曀（yì）：阴云密布又有风的天气。⑨不日：不见太阳。⑩嚏（tì）：打喷嚏。⑪曀（yì）曀：天很阴暗的样子。⑫虺（huǐ）虺：雷声。

## 击鼓

击鼓其镗[①]，踊跃用兵[②]。土国城漕[③]，我独南行。

从孙子仲[④]，平陈与宋[⑤]。不我以归[⑥]，忧心有忡[⑦]。

爰居爰处[⑧]？爰丧其马[⑨]？于以求之[⑩]？于林之下。

“死生契阔”[⑪]，与子成说[⑫]。执子之手，与子偕老。

于嗟阔兮[⑬]，不我活兮。于嗟洵兮，不我信兮。

【注释】

①镗（táng）：鼓声。其镗：即“镗镗”。②踊跃：鼓舞。③土国城漕：卫国大兴土木，筑造漕城。④孙子仲：卫国将领。⑤平：调停。此处指救陈以调和陈宋关系。⑥不我以归：意思是长期不许我回家。⑦有忡（chōng）：忡忡。⑧爰（yuán）：于是。⑨丧：丧失。⑩于以：于何。⑪契阔：聚散。⑫成说：誓约。⑬于嗟：即“吁嗟”，叹词。

日居月诸，出自东方。

## 凯风

凯风自南[①]，吹彼棘心[②]。棘心夭夭[③]，母氏劬劳[④]。

凯风自南，吹彼棘薪[⑤]。母氏圣善[⑥]，我无令人[⑦]。

爰有寒泉，在浚之下。有子七人，母氏劳苦。

晛睆黄鸟[⑧]，载好其音。有子七人，莫慰母心。

**【注释】**

①凯风：即夏天的风。 ②棘：酸枣树。 ③夭夭：树木娇嫩的样子。 ④劬（qú）劳：劳累。 ⑤棘薪：可以当柴烧的酸枣树。 ⑥圣善：明事理，有美德。 ⑦令：善。 ⑧晛睆（xiàn huǎn）：形容鸟鸣声清脆婉转。黄鸟：黄雀。

## 雄雉

雄雉于飞，泄泄[①]其羽。我之怀矣，自诒伊阻[②]。

雄雉于飞，下上其音。展矣君子[③]，实劳我心[④]。

瞻彼日月，悠悠我思。道之云远，曷云能来。

百尔君子，不知德行。不忮不求[⑤]，何用不臧[⑥]。

**【注释】**

①泄（yì）泄：舒畅地展翅。 ②自诒（yí）：自寻烦恼。 ③展：确实。 ④劳：忧。 ⑤忮（zhì）：害人，忌恨。 ⑥臧（zāng）：善。

## 匏有苦叶

匏有苦叶[①]，济有深涉[②]。深则厉[③]，浅则揭[④]。

有弥济盈[⑤]，有鷕雉鸣[⑥]。济盈不濡轨[⑦]，雉鸣求其牡[⑧]。

雝雝鸣雁[⑨]，旭日始旦。士如归妻[⑩]，迨冰未泮。

招招舟子，人涉卬否。人涉卬否，卬须我友。

【注释】

①匏（páo）：葫芦之类的植物。　②济：此处指济水。③厉：不解衣涉水。　④揭（qì）：提起下衣渡水。　⑤弥（mí）：大水茫茫。　⑥鷕（yǎo）：野鸡的叫声。　⑦濡：沾湿。　⑧牡：雄性的野鸡。　⑨雝（yōng）雝：大雁的和鸣之声。　⑩归妻：娶妻。

## 式微

式微式微[①]，胡不归？微君之故[②]，胡为乎中露[③]？

式微式微，胡不归？微君之躬，胡为乎泥中？

【注释】

①微：（日光）衰微，黄昏或天黑。　②微：非。故：事。③中露：即露中，露水之中。

## 旄丘

旄丘之葛兮[①]，何诞之节兮[②]？叔兮伯兮[③]，何多日也？

何其处也？必有与也[④]。何其久也？必有以也。

狐裘蒙戎[⑤]，匪车不东[⑥]。叔兮伯兮，靡所与同[⑦]。

琐兮尾兮[⑧]，流离之子[⑨]。叔兮伯兮，褎如充耳[⑩]。

【注释】

①旄（máo）丘：前高后低的土山。　②诞：延，长。

③叔、伯：此处指卫国诸臣。 ④与：盟国；一说同“以”，原因。 ⑤蒙戎：散乱。 ⑥匪：非。 ⑦靡：没有。 ⑧琐：细小。尾：卑微。 ⑨流离：鸟名，或指枭。 ⑩褎（yòu）：耸。

## 简兮

简兮简兮[①]，方将万舞[②]。日之方中，在前上处[③]。

硕人俣俣[④]，公庭万舞。有力如虎，执辔如组[⑤]。

左手执籥[⑥]，右手秉翟[⑦]。赫如渥赭[⑧]，公言锡爵[⑨]。

山有榛[⑩]，隰有苓[⑪]。云谁之思？西方美人。彼美人兮，西方之人兮。

**【注释】**

①简：鼓声。 ②万舞：一种舞蹈形式。 ③在前上处：此处指舞列的第一名。 ④俣（yǔ）俣：魁梧健美。 ⑤辔（pèi）：马缰。 ⑥籥（yuè）：古乐器，三孔笛。 ⑦翟（dí）：野鸡尾巴上的羽毛。 ⑧渥（wò）：厚。 ⑨锡：通“赐”。 ⑩榛（zhēn）：榛树。 ⑪隰（xí）：低下的湿地。

## 泉水

毖彼泉水[①]，亦流于淇[②]。有怀于卫，靡日不思。娈彼诸姬[③]，聊与之谋[④]。

出宿于泲[⑤]，饮饯于祢[⑥]。女子有行[⑦]，远父母兄弟，问我诸姑，遂及伯姊。

出宿于干，饮饯于言[⑧]。载脂载舝[⑨]，还车言迈[⑩]。遄臻于卫[⑪]，不瑕有害。

我思肥泉，兹之永叹。思须与漕，我心悠悠。驾言出游，以写我忧⑫。

【注释】

①毖（bì）：“泌”的假借字，泉水涌流的样子。 ②淇：淇水，卫国河名。 ③娈（luán）：美好的样子。 ④聊：一说愿，一说姑且。 ⑤泲（jǐ）：地名。 ⑥饯（jiàn）：以酒送行。 ⑦行：指女子出嫁。 ⑧干、言：均为地名。 ⑨舝（xiá）：通“辖”，车轴两头的金属键。 ⑩迈：远行。 ⑪遄（chuán）：疾速。臻：至。 ⑫写：通“泻”，排除。

## 北门

出自北门，忧心殷殷①。终窭且贫②，莫知我艰。已焉哉！天实为之，谓之何哉③！

王事适我④，政事一埤益我⑤。我入自外，室人交遍谪我⑥。已焉哉！天实为之，谓之何哉！

王事敦我⑦，政事一埤遗我⑧。我入自外，室人交遍摧我⑨。已焉哉！天实为之，谓之何哉！

【注释】

①殷殷：十分忧伤。 ②终：既。窭（jù）：贫窘。 ③谓：奈何不得。 ④王事：此处指有关王室的事务。适（zhì）：掷。⑤政事：公家的事。埤（pí）：增加，增补。益：增加。 ⑥谪（zhé）：谴责。 ⑦敦：逼迫。 ⑧遗：增加。 ⑨摧：讽刺。

## 北风

北风其凉，雨雪其雱①。惠而好我②，携手同行。其虚其邪[③]？既亟只且[④]。

北风其喈[⑤]，雨雪其霏。惠而好我，携手同归。其虚其邪？既亟只且。

莫赤匪狐[⑥]，莫黑匪乌。惠而好我，携手同车。其虚其邪？既亟只且。

【注释】

①雨（yù）雪：下雪。雨作动词用。雱（pāng）：雪下得很大的样子。②惠而：爱。③虚、邪：徐缓。④既：已经。⑤喈（jiē）：寒凉。⑥莫赤匪狐：没有不红的狐狸。莫，无，没有。匪，非。

## 静女

静女其姝[①]，俟我于城隅[②]。爱而不见[③]，搔首踟蹰[④]。

静女其娈[⑤]，贻我彤管[⑥]。彤管有炜[⑦]，说怿女美[⑧]。

自牧归荑[⑨]，洵美且异[⑩]。匪女之为美，美人之贻。

【注释】

①静女：温柔娴雅的女子。②俟（sì）：等待。③爱而：隐蔽的样子。④踟蹰（chí chú）：徘徊不定。⑤娈：面容姣好。⑥贻（yí）：赠。⑦炜（wěi）：盛明的样子，有光彩。⑧说怿（yuè yì）：即“悦怿”，喜悦。⑨牧：野外。归：借作“馈”，赠。⑩洵（xún）：实在，诚然。

## 新台[①]

新台有泚[②]，河水弥弥[③]。燕婉之求[④]，籧篨不鲜[⑤]。

新台有洒[⑥]，河水浼浼[⑦]。燕婉之求，籧篨不殄[⑧]。

鱼网之设，鸿则离之[9]。燕婉之求，得此戚施[10]。

【注释】

①新台：地名。 ②有泚（cǐ）：鲜明的样子。 ③弥（mí）弥：大水茫茫。 ④燕婉：安乐，美好。 ⑤籧篨（qú chú）：原意是粗竹席，比喻生有鸡胸，不能弯腰的人。 ⑥有洒（cuǐ）：高峻。 ⑦浼（měi）浼：与“浼浼”意思相近，水满的样子。 ⑧殄（tiǎn）：同“腆”，善。 ⑨鸿：蟾蜍。旧解为鸟名，雁之大者。闻一多在《〈诗·新台〉鸿字说》一文中考证鸿就是蛤蟆。 ⑩戚施：驼背的人。

## 二子乘舟

二子乘舟，汎汎其景[1]。愿言思子[2]，中心养养[3]。

二子乘舟，汎汎其逝。愿言思子，不瑕有害[4]！

【注释】

①汎汎：漂荡的样子。景：通“憬”，远行。 ②愿：思念。 ③养（yáng）养：心神不定，烦躁不安。 ④瑕：训“胡”，“胡”通“无”。

# 鄘风

## 柏舟

泛彼柏舟，在彼中河。髧彼两髦[①]，实维我仪[②]。之死矢靡它[③]。母也天只[④]，不谅人只[⑤]！

泛彼柏舟，在彼河侧。髧彼两髦，实维我特[⑥]。之死矢靡慝[⑦]。母也天只，不谅人只！

**【注释】**

①髧（dàn）：头发下垂的样子。 ②仪：配偶。 ③之：到。矢：誓。靡它：无二心。 ④只：语助词。 ⑤谅：相信。⑥特：与上文的“仪”同义。 ⑦慝（tè）：改变。

## 墙有茨

墙有茨[①]，不可埽也[②]。中冓之言[③]，不可道也[④]。所可道也[⑤]，言之丑也。

墙有茨，不可襄也[⑥]。中冓之言，不可详也[⑦]。所可详也，言之长也。

墙有茨，不可束也。中冓之言，不可读也[⑧]。所可读也，言之辱也。

**【注释】**

①茨（cí）：蒺藜。 ②埽：同“扫”。 ③中冓（gòu）：内室，宫中隐秘之处。 ④道：说。 ⑤所：若。 ⑥襄（xiāng）：除去。 ⑦详：借作“扬”，传扬。 ⑧读：说。

## 君子偕老

君子偕老[①]，副笄六珈[②]。委委佗佗，如山如河[③]。象服是宜[④]。子之不淑[⑤]，云如之何[⑥]！

玼兮玼兮[⑦]，其之翟也[⑧]。鬒发如云[⑨]，不屑髢也[⑩]。玉之瑱也[⑪]，象之揥也[⑫]，扬且之皙也[⑬]。胡然而天也[⑭]！胡然而帝也！

瑳兮瑳兮[⑮]，其之展也[⑯]，蒙彼绉絺[⑰]，是绁袢也[⑱]。子之清扬[⑲]，扬且之颜也[⑳]。展如之人兮[㉑]，邦之媛也！

**【注释】**

①君子：指卫宣公。 ②副：妇人的一种首饰。笄（jī）：簪。珈（jiā）：饰玉。 ③委（wēi）委佗（yí）佗，如山如河：一说举止雍容华贵，像山稳重，似河深沉。一说体态轻盈，如山般蜿蜒，似河般曲折。 ④象服：镶有珠宝、绘有花纹的礼服。 ⑤子：指宣姜。 ⑥如之何：奈之何。 ⑦玼（cǐ）：花纹绚烂。 ⑧翟（dí）：绣着山鸡彩羽的象服。 ⑨鬒（zhěn）：黑发。 ⑩髢（dí）：假发。 ⑪瑱（tiàn）：冠冕上垂在两耳旁的玉。 ⑫象：象牙。揥（tì）：发钗一类的首饰。 ⑬扬：额。 ⑭胡：怎么。 ⑮瑳（cuō）：玉色鲜丽洁白。 ⑯展：古代夏天穿的一种纱衣。 ⑰蒙：覆盖，罩上。 ⑱绁袢（xiè pàn）：夏天穿的内衣。 ⑲清：眼神清秀。扬：眉宇宽广。 ⑳颜：额头，也可指面容、脸色。 ㉑展：的确。

## 桑中

爰采唐矣[①]？沬之乡矣[②]。云谁之思？美孟姜矣[③]。期我

君子偕老，副笄六珈。

乎桑中[4]，要我乎上宫[5]，送我乎淇之上矣。

爰采麦矣？沫之北矣。云谁之思？美孟弋矣。期我乎桑中，要我乎上宫，送我乎淇之上矣。

爰采葑矣[6]？沫之东矣。云谁之思？美孟庸矣。期我乎桑中，要我乎上宫，送我乎淇之上矣。

【注释】

①爰：于何，在哪里。唐：植物名，即菟丝子。一说当读为“棠”，梨的一种。 ②沫（mèi）：卫邑名，即牧野。③孟姜：姜家的长女。孟：兄弟姊妹排行第一的人。姜与下文的“弋”“庸”一样，都是贵族的姓氏。 ④桑中：地名，一说桑林中。 ⑤上宫：宫室。 ⑥葑（fēng）：一种菜名，即芜菁。

## 鹑之奔奔

鹑之奔奔[1]，鹊之彊彊[2]。人之无良，我以为兄。

鹊之彊彊，鹑之奔奔。人之无良，我以为君。

【注释】

①奔奔：跳跃奔走。 ②彊（qiáng）彊：飞翔。

## 定之方中

定之方中[1]，作于楚宫[2]。揆之以日[3]，作于楚室[4]。树之榛栗，椅桐梓漆，爰伐琴瑟。

升彼虚矣[5]，以望楚矣。望楚与堂[6]，景山与京[7]。降观于桑，卜云其吉[8]，终然允臧[9]。

灵雨既零[10]，命彼倌人[11]，星言夙驾[12]，说于桑田[13]。匪直也人[14]，秉心塞渊[15]，騋牝三千[16]。

【注释】

①定：定星，又叫营室星。 ②楚宫：楚丘的宫殿。 ③揆（kuí）：测度。日：日影。 ④楚室：与“楚宫”同义。 ⑤虚：同“墟”。 ⑥堂：楚丘旁的堂邑。 ⑦景：测量。京：高丘。 ⑧卜：古人烧龟甲察看裂纹以测吉凶。 ⑨臧：好，善。 ⑩灵雨：及时雨。零：落。 ⑪倌人：驾车小臣。 ⑫星：晴。夙：早上。 ⑬说（shuì）：通“税”，歇息。 ⑭匪：犹“彼”。 ⑮秉心：用心、操心。塞渊：充实，深沉。 ⑯騋（lái）：七尺以上的马。牝（pìn）：母马。

## 蝃蝀

蝃蝀在东[①]，莫之敢指。女子有行[②]，远父母兄弟。
朝隮于西[③]，崇朝其雨[④]。女子有行，远兄弟父母。
乃如之人也[⑤]，怀昏姻也[⑥]。大无信也[⑦]，不知命也。

【注释】

①蝃蝀（dì dōng）：彩虹。 ②有行：指出嫁。 ③隮（jī）：虹。 ④崇朝：指从日出到吃早餐的时候。 ⑤乃如之人：像这样的人。 ⑥怀：与“坏”通用，有败坏、破坏之意。 ⑦大：太。信：贞洁。

## 相鼠

相鼠有皮[①]，人而无仪[②]。人而无仪，不死何为！
相鼠有齿，人而无止[③]。人而无止，不死何俟[④]！
相鼠有体，人而无礼。人而无礼，胡不遄死[⑤]！

**【注释】**

①相：视。 ②仪：威仪。 ③止：假借为“耻”。 ④俟（sì）：等。 ⑤胡：何。遄（chuán）：速。

## 干旄

孑孑干旄[①]，在浚之郊[②]。素丝纰之[③]，良马四之。彼姝者子[④]，何以畀之[⑤]？

孑孑干旟[⑥]，在浚之都[⑦]。素丝组之[⑧]，良马五之。彼姝者子，何以予之？

孑孑干旌[⑨]，在浚之城。素丝祝之[⑩]，良马六之。彼姝者子，何以告之？

**【注释】**

①孑（jié）孑：高举的样子。干旄（máo）：以牦牛尾饰旗杆，立于车后，以状威仪。 ②浚：地名。 ③纰（pí）：连缀。在衣冠或旗帜上镶边。 ④姝（shū）：美好。 ⑤畀（bì）：给，予。 ⑥旟（yú）：画有鸟隼的旗。 ⑦都：下邑，近城。 ⑧组：编织。 ⑨干旌（jīng）：将长尾野鸡毛设于旗干之首。 ⑩祝：“属”的假借字，编连缝合。

## 载驰

载驰载驱[①]，归唁卫侯[②]。驱马悠悠，言至于漕[③]。大夫跋涉，我心则忧。

既不我嘉[④]，不能旋反。视尔不臧[⑤]，我思不远[⑥]。既不我嘉，不能旋济。视尔不臧，我思不閟[⑦]。

陟彼阿丘，言采其蝱[⑧]。女子善怀[⑨]，亦各有行[⑩]。许人尤之[11]，众稚且狂[12]。

我行其野，芃芃其麦[13]。控于大邦，谁因谁极？

大夫君子，无我有尤。百尔所思，不如我所之。

【注释】

①驰、驱：孔疏：“走马谓之驰，策马谓之驱。” ②唁（yàn）：向死者家属表示慰问。卫侯：指已死的卫戴公申，即作者之兄。 ③漕：地名。 ④嘉：赞许。 ⑤视：比较。臧：好，善。 ⑥远：忘。 ⑦閟（bì）：同“闭”，闭塞不通。 ⑧蝱（méng）：贝母草。 ⑨怀：怀念。 ⑩行：指道理、准则，一说道路。 ⑪尤：责怪。 ⑫众：一说通“终”，既。一说指“众人”，即许地众人。 ⑬芃（péng）芃：草长得很茂盛的样子。

# 卫风

## 淇奥

瞻彼淇奥[1]，绿竹猗猗[2]。有匪君子[3]，如切如磋，如琢如磨。瑟兮僩兮[4]，赫兮咺兮[5]。有匪君子，终不可谖兮[6]。

瞻彼淇奥，绿竹青青。有匪君子，充耳琇莹[7]，会弁如星[8]。瑟兮僩兮，赫兮咺兮。有匪君子，终不可谖兮。

瞻彼淇奥，绿竹如箦[9]。有匪君子，如金如锡，如圭如璧[10]。宽兮绰兮，猗重较兮[11]。善戏谑兮，不为虐兮。

**【注释】**

①奥：水边深曲的地方。 ②猗（yī）猗：繁盛而美丽。③匪：通“斐”，有文采。 ④瑟：仪容庄重。僩（xiàn）：神态威严。 ⑤咺（xuǎn）：有威仪的样子。 ⑥谖（xuān）：忘记。 ⑦充耳：挂在冠冕两旁的饰物，下垂至耳。琇（xiù）莹：似玉的石，用作装饰。 ⑧会弁（biàn）：指帽子将头发收束得很整齐。 ⑨箦（zé）：堆积。 ⑩圭（guī）：玉制的礼器。璧：玉制的礼器，在贵族朝会或祭祀时使用。 ⑪较：古时车厢两旁作扶手的曲木或铜钩。

## 考槃

考槃在涧[1]，硕人之宽[2]。独寐寤言[3]，永矢弗谖[4]。

考槃在阿[5]，硕人之薖[6]。独寐寤歌[7]，永矢弗过[8]。

考槃在陆[9]，硕人之轴[10]。独寐寤宿，永矢弗告。

【注释】

①考槃（pán）：指避世隐居。 ②硕人：形象高大丰满的人，更指道德的高尚。 ③寤寐：两字连用，有过日子的意思。 ④矢：同“誓”。谖（xuān）：忘却。 ⑤阿：山阿，山凹进去的地方。一说山坡。 ⑥薖（kē）：宽大。 ⑦歌：与第一节的“言”、第三节的“宿”一样，泛指隐居者的行为。 ⑧过：忘记。 ⑨陆：高平曰陆。一说土丘。 ⑩轴：徘徊往复，自由自在。

## 硕人[①]

硕人其颀[②]，衣锦褧衣[③]。齐侯之子[④]，卫侯之妻[⑤]。东宫之妹[⑥]，邢侯之姨[⑦]，谭公维私[⑧]。

手如柔荑[⑨]，肤如凝脂[⑩]。领如蝤蛴[⑪]，齿如瓠犀[⑫]。螓首蛾眉[⑬]，巧笑倩兮[⑭]，美目盼兮[⑮]。

硕人敖敖[⑯]，说于农郊[⑰]。四牡有骄[⑱]，朱幩镳镳[⑲]。翟茀以朝[⑳]，大夫夙退[㉑]，无使君劳。

河水洋洋[㉒]，北流活活[㉓]。施罛涉涉[㉔]，鳣鲔发发[㉕]。葭菼揭揭[㉖]，庶姜孽孽[㉗]，庶士有朅[㉘]。

【注释】

①硕人：高大白胖的美人。 ②颀（qí）：修长。 ③褧（jiǒng）：麻布罩衣。 ④齐侯：指齐庄公。 ⑤卫侯：指卫庄公。 ⑥东宫：太子居处。 ⑦邢：春秋国名。 ⑧谭：春秋国名。 ⑨柔荑（tí）：白茅柔嫩之芽。 ⑩凝脂：凝结的油脂。 ⑪蝤蛴（qiú qí）：天牛的幼虫，色白身长。 ⑫瓠犀（hù xī）：葫芦籽儿，色白，排列整齐。 ⑬螓（qín）首：形容前额丰满开阔。 ⑭倩（qiàn）：嘴角现出酒窝好看的样子。 ⑮盼：眼珠转动，一说眼睛黑白分明。 ⑯敖敖：修长高大貌。 ⑰说

(shuì)：通“税”，停车。 ⑱四牡：驾车的四匹雄马。有骄：强壮的样子。“有”是虚字，无实义。 ⑲朱幩（fén）：用红绸布缠饰的马嚼子。镳（biāo）镳：盛美的样子。 ⑳翟茀（dí fú）以朝：乘坐以雉羽为饰的车轿去拜见卫庄公。 ㉑夙退：早早退朝。 ㉒河水：此处特指黄河。 ㉓活活：水流声。 ㉔罛（gū）：大的渔网。濊（huò）濊：撒网入水声。 ㉕鳣（zhān）：黄鱼。鲔（wěi）：鲟鱼。发（bō）发：鱼尾击水之声。 ㉖揭揭：很长的样子。 ㉗孽孽：高大的样子。 ㉘有朅（qiè）：勇武。

## 氓

氓之蚩蚩[①]，抱布贸丝[②]。匪来贸丝，来即我谋。送子涉淇，至于顿丘。匪我愆期[③]，子无良媒。将子无怒[④]，秋以为期。

乘彼垝垣，以望复关。不见复关，泣涕涟涟。既见复关，载笑载言。尔卜尔筮[⑤]，体无咎言[⑥]。以尔车来，以我贿迁。

桑之未落，其叶沃若[⑦]。于嗟鸠兮，无食桑葚。于嗟女兮，无与士耽[⑧]。士之耽兮，犹可说也[⑨]。女之耽兮，不可说也。

桑之落矣，其黄而陨。自我徂尔[⑩]，三岁食贫。淇水汤汤，渐车帷裳[⑪]。女也不爽[⑫]，士贰其行[⑬]。士也罔极，二三其德[⑭]。

三岁为妇，靡室劳矣[⑮]。夙兴夜寐，靡有朝矣。言既遂矣[⑯]，至于暴矣。兄弟不知，咥其笑矣[⑰]。静言思之，躬自悼矣。

及尔偕老，老使我怨。淇则有岸，隰则有泮。总角之宴，言笑晏晏，信誓旦旦，不思其反。反是不思，亦已焉哉。

【注释】

①氓：指流亡之民。蚩（chī）蚩：老实的样子。②布：古代货币。③愆（qiān）：延误。④将（qiāng）：愿，请。⑤筮（shì）：用蓍草占吉凶。⑥体：卜筮所得卦象。咎言：不吉之言。⑦沃若：像水浸润过一样有光泽。⑧耽：迷恋。⑨说：音义与“脱”同。⑩徂（cú）尔：往。⑪渐（jiān）：沾湿。⑫爽：差错。⑬贰：同“忒”，差错。⑭二三其德：三心二意。⑮室劳：家务劳动。⑯遂：久，一说成。⑰咥（xì）：讥笑。

## 竹竿

籊籊竹竿[①]，以钓于淇。岂不尔思？远莫致之。

泉源在左，淇水在右。女子有行，远父母兄弟。

淇水在右，泉源在左。巧笑之瑳[②]，佩玉之傩[③]。

淇水滺滺[④]，桧楫松舟。驾言出游，以写我忧[⑤]。

【注释】

①籊（tì）籊：长而尖的样子。②瑳（cuō）：露齿巧笑状。③傩（nuó）：行动有节奏的样子。④滺（yóu）滺：河水荡漾之状。⑤写：通“泻”，排解。

## 芄兰

芄兰之支[①]，童子佩觿[②]。虽则佩觿，能不我知[③]？容兮

谁谓河广？一苇杭之。

遂兮[4]！垂带悸兮[5]！

芄兰之叶，童子佩韘[6]。虽则佩韘，能不我甲[7]？容兮遂兮！垂带悸兮！

【注释】

①芄（wán）兰：草名。亦名萝藦。 ②觿（xī）：象骨制的解结用具，形同锥。 ③能：宁，岂。知：接。 ④容、遂：舒缓悠闲之貌。 ⑤悸：原指心动，此处指衣带摆动貌。 ⑥韘（shè）：象骨制的钩弦用具，套于右手拇指，射箭时用于钩弦。 ⑦甲：借作"狎"，亲昵。

## 河广

谁谓河广？一苇杭之[1]。谁谓宋远？跂予望之[2]。

谁谓河广？曾不容刀[3]。谁谓宋远？曾不崇朝[4]。

【注释】

①杭：通"航"，渡过的意思。 ②跂（qǐ）：踮起脚后跟。予：而。 ③曾（céng）：乃，竟。刀：通"舠"，小船。④崇朝（zhāo）：从天亮到吃早餐的时间，形容时间很短。

## 伯兮

伯兮朅兮[1]，邦之桀兮[2]。伯也执殳[3]，为王前驱。

自伯之东，首如飞蓬。岂无膏沐[4]？谁适为容[5]！

其雨其雨，杲杲出日[6]。愿言思伯，甘心首疾！

焉得谖草[7]？言树之背[8]。愿言思伯，使我心痗[9]！

【注释】

①朅（qiè）：英武高大。 ②桀：同"杰"。 ③殳

（shū）：古兵器。 ④膏：妇女润发的油脂。 ⑤适：悦。 ⑥杲（gǎo）杲：太阳明亮的样子。 ⑦谖（xuān）草：忘忧草，俗称黄花菜。 ⑧背：屋子北面。 ⑨痗（mèi）：忧思成病。

## 有狐

有狐绥绥[①]，在彼淇梁[②]。心之忧矣，之子无裳[③]。

有狐绥绥，在彼淇厉[④]。心之忧矣，之子无带。

有狐绥绥，在彼淇侧。心之忧矣，之子无服。

**【注释】**

①绥绥：朱熹《诗集传》训为独行求匹貌。 ②梁：桥。 ③之子：这个人。 ④厉：水深及腰，可以涉过之处。

## 木瓜

投我以木瓜[①]，报之以琼琚[②]。匪报也[③]，永以为好也。

投我以木桃[④]，报之以琼瑶。匪报也，永以为好也。

投我以木李[⑤]，报之以琼玖。匪报也，永以为好也。

**【注释】**

①木瓜：一种落叶灌木。 ②琼琚（jū）：美玉，与下面的“琼瑶”“琼玖”意思相同。 ③匪：非。 ④木桃：果名，即樝（zhā）子，比木瓜小。 ⑤木李：果名，又名木梨。

# 王风

## 黍离

彼黍离离[①]，彼稷之苗[②]。行迈靡靡[③]，中心摇摇[④]。知我者谓我心忧。不知我者谓我何求。悠悠苍天，此何人哉？

彼黍离离，彼稷之穗。行迈靡靡，中心如醉。知我者谓我心忧。不知我者谓我何求。悠悠苍天，此何人哉？

彼黍离离，彼稷之实。行迈靡靡，中心如噎。知我者谓我心忧。不知我者谓我何求。悠悠苍天，此何人哉？

**【注释】**

①离离：繁茂。 ②稷（jì）：高粱。 ③靡靡：行步迟缓貌。 ④摇摇：形容心神不安。

## 君子于役

君子于役，不知其期。曷至哉？鸡栖于埘[①]，日之夕矣，羊牛下来。君子于役，如之何勿思？

君子于役，不日不月。曷其有佸[②]？鸡栖于桀，日之夕矣，羊牛下括[③]。君子于役，苟无饥渴[④]？

**【注释】**

①埘（shí）：在墙壁上挖洞做成的鸡舍。 ②佸（huó）：聚会。 ③括：至。 ④苟：表推测的语气词，大概，也许。

## 君子阳阳

君子阳阳[①]，左执簧[②]，右招我由房[③]。其乐只且[④]！

君子陶陶[⑤]，左执翿[⑥]，右招我由敖[⑦]。其乐只且！

【注释】

①君子：指舞师。 ②簧：古乐器名，竹制。 ③由房：一种房中之乐。 ④只且（jū）：语助词。 ⑤陶陶：和乐舒畅貌。 ⑥翿（dào）：歌舞所用道具，用五彩野鸡羽毛做成，扇形。 ⑦由敖：舞曲名。

## 扬之水

扬之水[①]，不流束薪[②]。彼其之子[③]，不与我戍申[④]。怀哉怀哉[⑤]，曷月予还归哉[⑥]？

扬之水，不流束楚。彼其之子，不与我戍甫。怀哉怀哉，曷月予还归哉？

扬之水，不流束蒲。彼其之子，不与我戍许。怀哉怀哉，曷月予还归哉？

【注释】

①扬之水：平缓流动之水。 ②束薪：成捆的柴薪。 ③彼其：那个。 ④戍申：在申地边境防守。 ⑤怀：平安，一说思念、怀念。 ⑥曷：何。

## 中谷有蓷

中谷有蓷[①]，暵其干矣[②]。有女仳离[③]，嘅其叹矣。嘅其叹矣，遇人之艰难矣！

中谷有蓷，暵其脩矣[4]。有女仳离，条其歗矣[5]。条其歗矣，遇人之不淑矣！

中谷有蓷，暵其湿矣[6]。有女仳离，啜其泣矣。啜其泣矣，何嗟及矣！

【注释】

①中谷：同“谷”中，山谷之中。蓷（tuī）：益母草。 ②暵（hàn）：干枯。 ③仳（pǐ）离：妇女被夫家抛弃逐出，后世亦作离婚讲。 ④脩：干燥。 ⑤条：失意的样子。歗（xiào）：同“啸”。 ⑥湿：将要晒干的样子。

## 兔爰

有兔爰爰[1]，雉离于罗[2]。我生之初，尚无为[3]；我生之后，逢此百罹[4]。尚寐无吪[5]！

有兔爰爰，雉离于罦[6]。我生之初，尚无造[7]；我生之后，逢此百忧。尚寐无觉[8]！

有兔爰爰，雉离于罿[9]。我生之初，尚无庸[10]；我生之后，逢此百凶。尚寐无聪！

【注释】

①爰（yuán）：“缓”之借用，逍遥自在的样子。 ②离：同“罹”，陷，遭难。 ③为：指军役之事。 ④罹（lí）：忧。 ⑤吪（é）：行动。 ⑥罦（fú）：一种装设机关的网，能捕鸟兽。 ⑦造：指兵役。 ⑧觉：清醒。 ⑨罿（tóng）：捕鸟兽的网。 ⑩庸：指兵役。

## 葛藟

绵绵葛藟[①]，在河之浒[②]。终远兄弟[③]，谓他人父。谓他人父，亦莫我顾！

绵绵葛藟，在河之涘。终远兄弟，谓他人母。谓他人母，亦莫我有[④]！

绵绵葛藟，在河之漘。终远兄弟，谓他人昆[⑤]。谓他人昆，亦莫我闻[⑥]！

**【注释】**

①绵绵：连绵不绝。葛藟（lěi）：葛藤。　②浒（hǔ）：水边。与下文“涘（sì）”“漘（chún）”同义。　③终：既，已。　④有（yòu）：通“佑”，帮助。　⑤昆：兄。　⑥闻（wèn）：通“问”。

## 采葛

彼采葛兮，一日不见，如三月兮。

彼采萧兮[①]，一日不见，如三秋兮。

彼采艾兮，一日不见，如三岁兮。

**【注释】**

①萧：植物名。有香气，古时用于祭祀。

## 大车

大车槛槛[①]，毳衣如菼[②]。岂不尔思？畏子不敢。

大车哼哼[③]，毳衣如璊[④]。岂不尔思？畏子不奔。

穀则异室[⑤]，死则同穴。谓予不信，有如皦日[⑥]！

【注释】

①槛（kǎn）槛：车轮的响声。 ②毳（cuì）：毡子。菼（tǎn）：芦苇的一种。此处以之喻毳的颜色。 ③啍（tūn）啍：重滞徐缓的样子。 ④璊（mén）：红色美玉，此处喻红色车篷。 ⑤穀（gǔ）：活着。 ⑥皦（jiǎo）：同“皎”，白。

## 丘中有麻

丘中有麻[①]，彼留子嗟[②]。彼留子嗟，将其来施[③]。

丘中有麦，彼留子国[④]。彼留子国，将其来食。

丘中有李，彼留之子。彼留之子，贻我佩玖[⑤]。

【注释】

①麻：植物名，古时种植以其皮织布做衣。 ②留：留下。 ③施（yì）：慢行貌，一说高兴貌。 ④子国：《毛传》说为子嗟之父。 ⑤玖（jiǔ）：玉一类的美石。

# 郑风

## 缁衣

缁衣之宜兮[①]，敝[②]，予又改为兮。适子之馆兮[③]，还，予授子之粲兮[④]。

缁衣之好兮，敝，予又改造兮。适子之馆兮，还，予授子之粲兮。

缁衣之席兮[⑤]，敝，予又改作兮。适子之馆兮，还，予授子之粲兮。

**【注释】**

①缁（zī）衣：黑色的衣服。 ②敝：坏。 ③适：往。馆：官舍。 ④粲（càn）：形容新衣鲜明的样子。 ⑤席（xí）：宽大舒适。

## 将仲子

将仲子兮[①]！无踰我里[②]，无折我树杞[③]。岂敢爱之[④]？畏我父母。仲可怀也，父母之言，亦可畏也！

将仲子兮！无踰我墙，无折我树桑。岂敢爱之？畏我诸兄。仲可怀也，诸兄之言，亦可畏也！

将仲子兮！无踰我园，无折我树檀。岂敢爱之？畏人之多言。仲可怀也，人之多言，亦可畏也！

**【注释】**

①仲子：相当于二哥。 ②踰：同“逾”，翻越。 ③树：种植。杞（qǐ）：树名。 ④爱：吝惜。

## 叔于田

叔于田[①]，巷无居人。岂无居人？不如叔也，洵美且仁[②]。

叔于狩，巷无饮酒。岂无饮酒？不如叔也，洵美且好。

叔适野，巷无服马[③]。岂无服马？不如叔也，洵美且武。

**【注释】**

①叔：古代兄弟次序为伯、仲、叔、季，年岁较小者统称为叔，此处指年轻的猎人。 ②洵（xún）：的确。 ③服马：骑马之人。一说用马驾车。

## 大叔于田

叔于田[①]，乘乘马[②]。执辔如组[③]，两骖如舞[④]。叔在薮[⑤]，火烈具举[⑥]。襢裼暴虎[⑦]，献于公所。将叔无狃[⑧]，戒其伤女。

叔于田，乘乘黄。两服上襄[⑨]，两骖雁行。叔在薮，火烈具扬。叔善射忌，又良御忌[⑩]。抑磬控忌[⑪]，抑纵送忌[⑫]。

叔于田，乘乘鸨[⑬]。两服齐首，两骖如手。叔在薮，火烈具阜[⑭]。叔马慢忌，叔发罕忌。抑释掤忌[⑮]，抑鬯弓忌[⑯]。

**【注释】**

①田：同“畋”，打猎。 ②乘（chéng）乘（shèng）马：驾着拉一乘车的四马。古时一车四马叫一乘。 ③组：织带平行排列的经线。 ④骖（cān）：驾车的四马中外侧两边的马。 ⑤薮（sǒu）：多草木的沼泽地带。 ⑥烈：“迾”的假借。火迾指打猎时放火烧草，截断野兽的逃路。 ⑦襢裼（tǎn tì）：脱衣袒身。暴：通“搏”。 ⑧狃（niǔ）：反复地做，此处指猎手自以为技术熟练而心生大意。 ⑨服：驾车的四马中间的两匹。襄：同“骧”，奔马抬起头。 ⑩忌：作语尾助词。⑪罄（qìng）控：勒马使缓行或停步。 ⑫纵送：放马奔跑。⑬鸨（bǎo）：有黑白杂毛的马。 ⑭阜：旺盛。 ⑮掤（bīng）：箭筒盖。 ⑯鬯（chàng）：弓囊，此处用作动词。

## 清人

清人在彭①，驷介旁旁②。二矛重英③，河上乎翱翔。

清人在消④，驷介麃麃⑤。二矛重乔⑥，河上乎逍遥。

清人在轴⑦，驷介陶陶⑧。左旋右抽⑨，中军作好⑩。

**【注释】**

①清：郑国之邑。彭：郑国地名，在黄河边上。 ②旁旁：马强壮有力貌。 ③重英：两层矛上的缨饰。 ④消：黄河边上的郑国地名。 ⑤麃（biāo）麃：英勇威武貌。 ⑥乔：借为“鷮（jiāo）”，长尾野鸡，此指以鷮羽为矛缨。 ⑦轴：地名。 ⑧陶陶：驱驰之貌。 ⑨旋：转。抽：拔刀。 ⑩中军：古三军为上军、中军、下军，中军之将为主帅。作好：指武艺高强。

## 羔裘

羔裘如濡①，洵直且侯②。彼其之子，舍命不渝③。

羔裘豹饰④，孔武有力。彼其之子，邦之司直⑤。

羔裘晏兮⑥，三英粲兮⑦。彼其之子，邦之彦兮⑧。

羔裘豹饰，孔武有力。

【注释】

①羔裘：羔羊皮裘，古大夫的朝服。濡（rú）：柔软而有光泽。②洵（xún）：信，诚然，的确。侯：美。③渝：改变。④豹饰：用豹皮装饰皮袄的袖口。⑤司直：负责劝谏君主过失的官吏。⑥晏：鲜盛貌。⑦三英：装饰袖口的三道豹皮镶边。⑧彦：才德出众之人。

## 遵大路

遵大路兮！掺执子之袪兮[①]。无我恶兮，不寁故也[②]！

遵大路兮！掺执子之手兮。无我魗兮[③]，不寁好也[④]！

【注释】

①掺（shǎn）：执。袪（qū）：袖口。②寁（jié）：迅速。③魗（chǒu）：弃。④好（hào）：相。

## 女曰鸡鸣

女曰："鸡鸣。"士曰："昧旦[①]。""子兴视夜[②]，明星有烂[③]。""将翱将翔，弋凫与雁[④]。"

"弋言加之[⑤]，与子宜之[⑥]。宜言饮酒，与子偕老。琴瑟在御[⑦]，莫不静好。"

"知子之来之[⑧]，杂佩以赠之。知子之顺之，杂佩以问之[⑨]。知子之好之，杂佩以报之。"

【注释】

①昧旦：天色将明未明之际。②兴：起。③明星：即星明，星光明亮。④弋（yì）：用生丝做绳，系在箭上射鸟。凫（fú）：野鸭。⑤加：射中。⑥宜：即"肴"，烹饪菜肴。

⑦御：用，弹奏。 ⑧来：殷勤体贴之意。 ⑨问：赠送。

## 有女同车

有女同车，颜如舜华①。将翱将翔，佩玉琼琚②。彼美孟姜③，洵美且都④。

有女同行，颜如舜英。将翱将翔，佩玉将将。彼美孟姜，德音不忘。

**【注释】**

①舜华：植物名，即木槿花。 ②琼琚：美玉。 ③孟姜：毛传：“齐之长女。”排行最大的称孟，姜则是齐国的国姓。后世孟姜也用作美女的通称。 ④洵：确实。都：娴雅。

## 山有扶苏

山有扶苏①，隰有荷华②。不见子都③，乃见狂且④。

山有桥松⑤，隰有游龙⑥，不见子充⑦，乃见狡童⑧。

**【注释】**

①扶苏：树木名。 ②隰（xí）：洼地。 ③子都：古代美男子。 ④狂：狂妄的人。 ⑤桥：通“乔”，高大。 ⑥游龙：水草名。即水红。 ⑦子充：古代良人名。 ⑧狡童：狡狯的少年。

## 萚兮

萚兮萚兮①，风其吹女②。叔兮伯兮，倡予和女③。

萚兮萚兮，风其漂女④。叔兮伯兮，倡予要女⑤。

【注释】

①萚（tuò）：脱落的木叶。 ②女（rǔ）：同“汝”。③倡：同“唱”。 ④漂：同“飘”。 ⑤要（yāo）：邀请。

## 狡童

彼狡童兮，不与我言兮。维子之故[1]，使我不能餐兮。

彼狡童兮，不与我食兮。维子之故，使我不能息兮。

【注释】

①维：因为。

## 褰裳

子惠思我[1]，褰裳涉溱[2]。子不我思[3]，岂无他人？狂童之狂也且[4]！

子惠思我，褰裳涉洧[5]。子不我思，岂无他士？狂童之狂也且！

【注释】

①惠：见爱，即爱我。 ②褰（qiān）裳：提起下衣。溱（zhēn）：郑国水名。 ③不我思：不思念我。 ④狂童：谑称，犹言“傻小子”。 ⑤洧（wěi）：郑国水名。

## 丰

子之丰兮[1]！俟我乎巷兮[2]！悔予不送兮[3]！

子之昌兮[4]！俟我乎堂兮！悔予不将兮[5]！

衣锦褧衣[6]，裳锦褧裳。叔兮伯兮！驾予与行。

裳锦褧裳，衣锦褧衣。叔兮伯兮！驾予与归。

【注释】

①丰：丰满，标致。　②俟（sì）：等候。　③送：从行。④昌：健壮。　⑤将：同行。　⑥衣：作动词用，穿。褧（jiǒng）衣：用绢或麻纱制作的罩衫。

## 东门之墠

东门之墠[①]，茹藘在阪[②]。其室则迩[③]，其人甚远。

东门之栗，有践家室[④]。岂不尔思？子不我即。

【注释】

①墠（shàn）：土坪，铲平的地。　②茹藘（rú lǘ）：草名。③迩（ěr）：近。　④有践：同“践践”，行列整齐的样子。

## 风雨

风雨凄凄，鸡鸣喈喈[①]，既见君子。云胡不夷[②]。

风雨潇潇，鸡鸣胶胶[③]。既见君子，云胡不瘳[④]。

风雨如晦，鸡鸣不已。既见君子，云胡不喜。

【注释】

①喈（jiē）喈：鸡鸣声。　②夷：平，此处指心中平静。③胶（jiāo）胶：或作“嘐嘐”，鸡鸣声。　④瘳（chōu）：病愈，此处是指愁思满怀的心病消除。

## 子衿

青青子衿[①]，悠悠我心。纵我不往，子宁不嗣音[②]？

青青子佩[3]，悠悠我思。纵我不往，子宁不来？

挑兮达兮[4]，在城阙兮。一日不见，如三月兮！

【注释】

①衿：襟，衣领。 ②嗣音：传音讯。 ③佩：这里指系佩玉的绶带。 ④挑、达：走来走去的样子。也作“佻、佻”。

## 扬之水

扬之水[1]，不流束楚。终鲜兄弟[2]，维予与女。无信人之言，人实迂女。

扬之水，不流束薪。终鲜兄弟，维予二人。无信人之言，人实不信。

【注释】

①扬：激扬。 ②鲜（xiǎn）：缺少。

## 出其东门

出其东门[1]，有女如云。虽则如云，匪我思存。缟衣綦[2]巾，聊乐我员[3]。

出其闉阇[4]，有女如荼[5]。虽则如荼，匪我思且。缟衣茹藘[6]，聊可与娱。

【注释】

①东门：城东门。 ②缟（gǎo）：白色。綦（qí）巾：暗绿色头巾。 ③聊：愿。员：同“云”，语助词。 ④闉阇（yīn dū）：外城门。 ⑤荼（tú）：茅花，白色。 ⑥茹藘（rú lú）：茜草，其根可制作绛红色染料，此指绛红色蔽膝。

## 野有蔓草

野有蔓草[①]，零露漙兮[②]。有美一人，清扬婉兮[③]。邂逅相遇，适我愿兮。

野有蔓草，零露瀼瀼[④]。有美一人，婉如清扬。邂逅相遇，与子偕臧[⑤]。

**【注释】**

①蔓（wàn）：蔓延生长的草。 ②漙（tuán）：形容露水很多。 ③清扬：此处形容眉目漂亮传神。 ④瀼（ráng）：形容露水很浓。 ⑤臧：善。这里指彼此都满意。

## 溱洧

溱与洧[①]，方涣涣兮[②]。士与女[③]，方秉蕑兮[④]。女曰："观乎？"士曰："既且[⑤]。""且往观乎！"洧之外，洵訏且乐[⑥]。维士与女，伊其相谑，赠之以勺药。

溱与洧，浏其清矣[⑦]。士与女，殷其盈矣。女曰："观乎？"士曰："既且。""且往观乎？"洧之外，洵訏且乐。维士与女，伊其将谑[⑧]，赠之以勺药。

**【注释】**

①溱（zhēn）、洧（wěi）：郑国二水名。 ②涣涣：河水解冻后的奔腾之貌。 ③士与女：此处泛指男男女女。 ④秉：执。蕑（jiān）：一种兰草。 ⑤且（cú）：同"徂"，去，往。 ⑥洵（xún）：诚然，确实。訏（xū）：广阔。 ⑦浏：水深而清之状。 ⑧将：即"相"。

# 齐风

## 鸡鸣

“鸡既鸣矣，朝既盈矣[①]。”“匪鸡则鸣[②]，苍蝇之声。”

“东方明矣，朝既昌矣[③]。”“匪东方则明，月出之光。”

“虫飞薨薨[④]，甘与子同梦。”“会且归矣[⑤]，无庶予子憎[⑥]。”

**【注释】**

①朝既盈矣：上朝堂的官员已满。 ②匪：同“非”。③昌：盛，意指人多。 ④薨（hōng）薨：飞虫的振翅声。⑤会：会朝，上朝。 ⑥无庶：同“庶无”。庶：希望。

## 还

子之还兮[①]，遭我乎猺之间兮[②]。并驱从两肩兮[③]，揖我谓我儇兮[④]。

子之茂兮[⑤]，遭我乎猺之道兮。并驱从两牡兮[⑥]，揖我谓我好兮。

子之昌兮[⑦]，遭我乎猺之阳兮。并驱从两狼兮，揖我谓我臧兮[⑧]。

**【注释】**

①还：轻捷貌。 ②猺（náo）：齐国山名。 ③肩：借为

“豣（jiān）”，大兽。 ④儇（xuān）：轻快便捷。 ⑤茂：美，此处指善猎。 ⑥牡：公兽。 ⑦昌：指强有力。 ⑧臧（zāng）：善，好。

## 著

俟我于著乎而[1]，充耳以素乎而，尚之以琼华乎而[2]！

俟我于庭乎而，充耳以青乎而，尚之以琼莹乎而！

俟我于堂乎而，充耳以黄乎而，尚之以琼英乎而！

**【注释】**

①著：古代富贵人家正门内有屏风，正门与屏风之间叫著。 ②尚：加上。

## 东方之日

东方之日兮，彼姝者子[1]，在我室兮。在我室兮，履我即兮[2]。

东方之月兮，彼姝者子，在我闼兮[3]。在我闼兮，履我发兮[4]。

**【注释】**

①姝（shū）：貌美。 ②履：放轻脚步。即：接近。 ③闼（tà）：内门。 ④发：走去，指蹑步相随。

## 东方未明

东方未明，颠倒衣裳[1]。颠之倒之，自公召之。

东方未晞[2]，颠倒裳衣。倒之颠之，自公令之。

无思远人，劳心忉忉。

折柳樊圃[3]，狂夫瞿瞿[4]。不能辰夜，不夙则莫。

【注释】

①衣裳：古时上衣叫衣，下衣叫裳。 ②晞（xī）："昕"的假借，破晓，天刚亮。 ③樊：即"藩"，篱笆。圃：菜园。④狂夫：指监工。瞿（jù）瞿：瞪视貌。

## 南山

南山崔崔[1]，雄狐绥绥[2]。鲁道有荡，齐子由归[3]。既曰归止，曷又怀止？

葛屦五两[4]，冠緌双止[5]。鲁道有荡，齐子庸止。既曰庸止，曷又从止？

艺麻如之何[6]？衡从其亩。取妻如之何？必告父母。既曰告止，曷又鞠止[7]？

析薪如之何？匪斧不克。取妻如之何？匪媒不得。既曰得止，曷又极止？

【注释】

①南山：齐国山名。崔崔：山势高峻状。 ②绥（suí）绥：缓缓行走的样子。 ③齐子：齐国的女儿。由归：从这儿出嫁。④葛屦（jù）：麻、葛等制成的单底鞋。 ⑤緌（ruí）：帽带下垂的部分。 ⑥艺：种植。 ⑦鞠（jū）：放任无束。

## 甫田

无田甫田[1]，维莠骄骄[2]。无思远人，劳心忉忉[3]。

无田甫田，维莠桀桀。无思远人，劳心怛怛。

婉兮娈兮[4]。总角丱兮。未几见兮，突而弁兮[5]。

【注释】

①无田甫田：不要耕种大田。 ②莠（yǒu）：狗尾草。③忉（dāo）忉：心有所失的样子。 ④婉、娈：毛传：“婉娈，少好貌。” ⑤弁（biàn）：成人的帽子。

## 卢令

卢令令[①]，其人美且仁[②]。
卢重环[③]，其人美且鬈[④]。
卢重鋂[⑤]，其人美且偲[⑥]。

【注释】

①卢：黑毛猎犬。 ②其人：指猎人。 ③重（chóng）环：大环套小环。 ④鬈（quán）：勇壮。 ⑤鋂（méi）：一个大环套两个小环。 ⑥偲（cāi）：多才多智。

## 敝笱

敝笱在梁[①]，其鱼鲂鳏[②]。齐子归止[③]，其从如云。
敝笱在梁，其鱼鲂鱮[④]。齐子归止，其从如雨。
敝笱在梁，其鱼唯唯[⑤]。齐子归止，其从如水。

【注释】

①敝：破。笱（gǒu）竹制的捕鱼器具。 ②鲂（fáng）鳏（guān）：鳊鱼和鲲鱼。 ③齐子：文姜。 ④鱮（xù）：鲢鱼。 ⑤唯唯：形容鱼儿出入自如。

## 载驱

载驱薄薄[①]，簟茀朱鞹[②]。鲁道有荡，齐子发夕[③]。

四骊济济[4]，垂辔沵沵[5]。鲁道有荡，齐子岂弟[6]。

汶水汤汤[7]，行人彭彭[8]。鲁道有荡，齐子翱翔[9]。

汶水滔滔，行人儦儦[10]。鲁道有荡，齐子游敖。

**【注释】**

①薄薄：象声词，形容马蹄和车轮的转动声。 ②簟茀（diàn fú）：遮盖车子的方纹竹帘。 ③齐子：指文姜。发夕：傍晚出发。 ④骊（lí）：黑马。 ⑤沵（nǐ）沵：柔软状。 ⑥岂弟（kǎi tì）：天亮才出发。 ⑦汶水：流经齐鲁两国的水名。 ⑧彭彭：众多貌。 ⑨翱翔：遨游。 ⑩儦（biāo）儦：行人往来貌。

## 猗嗟

猗嗟昌兮[1]，颀而长兮。抑若扬兮[2]。美目扬兮，巧趋跄兮[3]，射则臧兮[4]。

猗嗟名兮[5]，美目清兮，仪既成兮。终日射侯[6]，不出正兮[7]，展我甥兮[8]。

猗嗟娈兮[9]，清扬婉兮，舞则选兮[10]。射则贯兮[11]，四矢反兮，以御乱兮。

**【注释】**

①猗嗟：叹美之词。 ②抑：通“懿”，美好。 ③趋跄：快步走。 ④臧：善。 ⑤名：马瑞辰《毛诗传笺通释》：“名、明古通用，名当读明，明亦昌盛之意。” ⑥侯：古代赛射或习射时用的箭靶。 ⑦正（zhēng）：箭靶中心的圆形布块。 ⑧展：诚然，真是。 ⑨娈：美好。与下句“婉”字义同。 ⑩选：指齐乐善舞。 ⑪贯：射中。

# 魏风

## 葛屦

纠纠葛屦[①]，可以履霜？掺掺女手[②]，可以缝裳？要之襋之[③]，好人服之。

好人提提[④]，宛然左辟[⑤]，佩其象揥[⑥]。维是褊心[⑦]，是以为刺。

【注释】

①纠纠：缠绕，纠结交错。 ②掺掺：同“纤纤”，形容女子的手柔弱纤细。 ③要（yāo）：衣服齐腰处。襋（jí）：衣领。 ④提提：同“媞媞”，安舒貌。 ⑤辟（bì）：同“避”。左辟即左避。 ⑥象揥（tì）：象牙做的簪子。 ⑦褊（biǎn）心：心胸狭窄。

## 汾沮洳

彼汾沮洳[①]，言采其莫[②]。彼其之子，美无度。美无度，殊异乎公路[③]。

彼汾一方，言采其桑。彼其之子，美如英。美如英，殊异乎公行[④]。

彼汾一曲，言采其荬[⑤]。彼其之子，美如玉。美如玉，殊异乎公族[⑥]。

【注释】

①汾：汾水。沮洳（jù rù）：水边低湿的地方。 ②莫：野

菜名。 ③公路：指当时管理路车的官员，通常由贵族子弟担任，职务、俸禄均世袭。“公行”“公族”亦如此。 ④公行（háng）：指当时管理兵车的官员。 ⑤荬（xù）：即泽泻草。⑥公族：指当时管理宗族事务的官员。

## 园有桃

园有桃，其实之肴[①]。心之忧矣[②]，我歌且谣[③]。不知我者，谓我士也骄。“彼人是哉[④]？子曰何其？”心之忧矣，其谁知之？其谁知之，盖亦勿思[⑤]。

园有棘，其实之食。心之忧矣，聊以行国[⑥]。不知我者，谓我士也罔极。“彼人是哉？子曰何其？”心之忧矣，其谁知之？其谁知之，盖亦勿思。

**【注释】**

①之：是。肴：食。 ②之：其。 ③歌、谣：曲合乐曰歌，徒歌曰谣，此处皆作动词用。 ④是：对，正确。 ⑤盖（hé）：通“盍”，何不。 ⑥行国：离开城邑。

## 陟岵

陟彼岵兮[①]，瞻望父兮。父曰：“嗟！予子行役，夙夜无已。上慎旃哉[②]，犹来无止[③]。”

陟彼屺兮[④]，瞻望母兮。母曰：“嗟！予季行役，夙夜无寐。上慎旃哉，犹来无弃。”

陟彼冈兮，瞻望兄兮。兄曰：“嗟！予弟行役，夙夜必偕。上慎旃哉，犹来无死。”

【注释】

①陟（zhì）：登上。岵（hù）：有草木的山。②上：通“尚”，希望。③犹来：还是归来。④屺（qǐ）：无草木的山。

## 十亩之间

十亩之间兮，桑者闲闲兮[①]，行与子还兮。

十亩之外兮，桑者泄泄兮[②]，行与子逝兮。

【注释】

①桑者：采桑的人。②泄泄：和乐的样子。

## 伐檀

坎坎伐檀兮[①]，置之河之干兮[②]，河水清且涟猗。不稼不穑[③]，胡取禾三百廛兮[④]？不狩不猎，胡瞻尔庭有县貆兮[⑤]？彼君子兮[⑥]，不素餐兮[⑦]！

坎坎伐辐兮，置之河之侧兮，河水清且直猗。不稼不穑，胡取禾三百亿兮？不狩不猎，胡瞻尔庭有县特兮[⑧]？彼君子兮，不素食兮！

坎坎伐轮兮，置之河之漘兮[⑨]。河水清且沦猗[⑩]。不稼不穑，胡取禾三百囷兮？不狩不猎，胡瞻尔庭有县鹑兮？彼君子兮，不素飧兮[⑪]！

【注释】

①坎坎：伐木声。②置：搁，放。干：水边。③稼（jià）：播种。穑（sè）：收获。④胡：为什么。⑤县：古“悬”字。貆（huán）：猪獾。⑥君子：此系反话，指有地

位有权势者。 ⑦素餐：白吃饭，不劳而获。 ⑧特：大兽。 ⑨漘（chún）：水边。 ⑩沦：小波纹。 ⑪飧（sūn）：熟食，泛指吃饭。

## 硕鼠

硕鼠硕鼠[①]，无食我黍[②]！三岁贯女[③]，莫我肯顾。逝将去女[④]，适彼乐土。乐土乐土，爰得我所！

硕鼠硕鼠，无食我麦！三岁贯女，莫我肯德。逝将去女，适彼乐国。乐国乐国，爰得我直！

硕鼠硕鼠，无食我苗！三岁贯女，莫我肯劳。逝将去女，适彼乐郊。乐郊乐郊，谁之永号！

**【注释】**

①硕鼠：大老鼠。一说田鼠。 ②无：毋，不要。 ③三岁：多年。贯：借作"宦"，侍奉。 ④逝：通"誓"。女：同"汝"。

# 唐风

## 蟋蟀

蟋蟀在堂，岁聿其莫[1]。今我不乐，日月其除。无已大康[2]，职思其居。好乐无荒，良士瞿瞿[3]。

蟋蟀在堂，岁聿其逝。今我不乐，日月其迈[4]。无已大康，职思其外。好乐无荒，良士蹶蹶[5]。

蟋蟀在堂，役车其休。今我不乐，日月其慆[6]。无以大康，职思其忧。好乐无荒，良士休休。

【注释】

①莫（mù）：古“暮”字。　②大（tài）康：过于享乐。③瞿（jù）瞿：警惕惊顾貌。　④迈：时光流逝。　⑤蹶（jué）蹶：勤奋状。　⑥慆（tāo）：逝去。

## 山有枢

山有枢[1]，隰有榆[2]。子有衣裳，弗曳弗娄[3]。子有车马，弗驰弗驱。宛其死矣[4]，他人是愉。

山有栲[5]，隰有杻[6]。子有廷内[7]，弗洒弗扫。子有钟鼓，弗鼓弗考[8]。宛其死矣，他人是保[9]。

山有漆，隰有栗。子有酒食，何不日鼓瑟？且以喜乐，且以永日[10]。宛其死矣，他人入室。

【注释】

①枢（shū）：木名，刺榆。　②隰（xí）：低湿之地。

既见君子，云何其忧。

③娄：“搂”的借字，牵拉之意。拉与扯都是穿衣的动作。④宛：“苑”的假借字，枯死貌。⑤栲（kǎo）：木名。⑥杻（niǔ）：檍树。⑦廷内：庭院与堂室。⑧考：敲击。⑨保：占有。⑩永日：指整天享乐。

## 扬之水

扬之水，白石凿凿。素衣朱襮[1]，从子于沃[2]。既见君子[3]，云何不乐。

扬之水，白石皓皓。素衣朱绣，从子于鹄[4]。既见君子，云何其忧。

扬之水，白石粼粼。我闻有命，不敢以告人。

**【注释】**

①襮（bó）：衣领。②沃：曲沃，地名。③君子：指桓叔。④鹄：邑名，即曲沃。

## 椒聊

椒聊之实[1]，蕃衍盈升[2]。彼其之子，硕大无朋[3]。椒聊且！远条且[4]！

椒聊之实，蕃衍盈匊[5]。彼其之子，硕大且笃。椒聊且！远条且！

**【注释】**

①椒：花椒。②蕃衍：生长众多。③朋：比。④条：长。⑤匊（jū）：“掬”的古字，两手合捧。

## 绸缪

绸缪束薪[①]，三星在天[②]。今夕何夕，见此良人[③]。子兮子兮，如此良人何？

绸缪束刍[④]，三星在隅。今夕何夕，见此邂逅。子兮子兮，如此邂逅何？

绸缪束楚，三星在户。今夕何夕，见此粲者[⑤]。子兮子兮，如此粲者何？

**【注释】**

①绸缪（móu）：缠绕。 ②三星：即参星。 ③良人：丈夫，指新郎。 ④刍（chú）：喂牲口的青草。 ⑤粲：漂亮的人，此处指新娘。

## 杕杜

有杕之杜[①]，其叶湑湑[②]。独行踽踽，岂无他人？不如我同父[③]。嗟行之人，胡不比焉？人无兄弟，胡不佽焉[④]？

有杕之杜，其叶菁菁。独行睘睘[⑤]，岂无他人？不如我同姓。嗟行之人，胡不比焉？人无兄弟，胡不佽焉？

**【注释】**

①有杕（dì）：即“杕杕”，树木挺立的样子。杜：赤棠。 ②湑（xǔ）：形容树叶茂盛。 ③同父：指同胞兄弟。 ④佽（cì）：资助，帮助。 ⑤睘（qióng）睘：同“茕茕”，孤独无依的样子。

## 羔裘

羔裘豹祛[①]，自我人居居[②]。岂无他人？维子之故[③]。

羔裘豹褎[④]，自我人究究[⑤]。岂无他人？维子之好。

**【注释】**

①祛（qū）：袖口。 ②自我人：对我们。 ③故：指爱，或解释为故旧。 ④褎（xiù）：同“袖”。 ⑤究究：态度傲慢。

## 鸨羽

肃肃鸨羽[①]，集于苞栩[②]。王事靡盬[③]，不能艺稷黍[④]。父母何怙[⑤]？悠悠苍天，曷其有所[⑥]？

肃肃鸨翼，集于苞棘。王事靡盬，不能艺黍稷。父母何食？悠悠苍天，曷其有极？

肃肃鸨行，集于苞桑，王事靡盬，不能艺稻粱。父母何尝？悠悠苍天，曷其有常？

**【注释】**

①肃肃：鸟翅扇动的响声。 ②苞：草木丛生。栩（xǔ）：柞栎树。 ③靡：没有。盬（gǔ）：休止。 ④艺：种植。 ⑤怙（hù）：依靠。 ⑥曷：何。所：住所。

## 无衣

岂曰无衣？七兮[①]。不如子之衣[②]，安且吉兮[③]。

岂曰无衣？六兮。不如子之衣，安且燠兮[④]。

【注释】

①七：虚数，表现衣服之多。　②子：第二人称的尊称。此处指制作衣服的人。　③安：舒适。吉：美，善。　④燠（yù）：温暖。

## 有杕之杜

有杕之杜[①]，生于道左[②]。彼君子兮，噬肯适我[③]？中心好之，曷饮食之[④]？

有杕之杜，生于道周[⑤]。彼君子兮，噬肯来游[⑥]？中心好之，曷饮食之？

【注释】

①杜：杜梨，又名棠梨。　②道左：道路左边，古人以东为左。　③适：到，往。　④曷：同“盍”，何不。　⑤周：右边。　⑥游：来看。

## 葛生

葛生蒙楚[①]，蔹蔓于野。予美亡此[②]，谁与独处？

葛生蒙棘，蔹蔓于域[③]。予美亡此，谁与独息？

角枕粲兮[④]，锦衾烂兮。予美亡此，谁与独旦[⑤]？

夏之日，冬之夜。百岁之后，归于其居[⑥]。

冬之夜，夏之日。百岁之后，归于其室[⑦]。

【注释】

①葛：藤本植物。　②亡此：死于此处，指死后埋在那里。③域：坟地。　④角枕：牛角做的枕头。　⑤独旦：独处到天亮。　⑥居：坟墓。　⑦室：墓冢。

# 采苓

采苓采苓[1]，首阳之颠[2]。人之为言[3]，苟亦无信。舍旃舍旃[4]，苟亦无然。人之为言，胡得焉！

采苦采苦，首阳之下。人之为言，苟亦无与。舍旃舍旃，苟亦无然。人之为言，胡得焉！

采葑采葑，首阳之东。人之为言，苟亦无从。舍旃舍旃，苟亦无然。人之为言，胡得焉！

**【注释】**

①苓：一种药草。 ②首阳：山名。 ③为（wěi）言：即“伪言”，谎话。 ④舍旃（zhān）：放弃它吧。

# 秦风

## 车邻

有车邻邻[①]，有马白颠[②]。未见君子[③]，寺人之令[④]。

阪有漆[⑤]，隰有栗。既见君子，并坐鼓瑟。今者不乐，逝者其耋。

阪有桑，隰有杨。既见君子，并坐鼓簧。今者不乐，逝者其亡。

【注释】

①邻邻：同“辚辚”，车行声。　②颠：额。　③君子：对友人的尊称。　④寺人：侍者。　⑤阪（bǎn）：山坡。

## 驷驖

驷驖孔阜[①]，六辔在手[②]。公之媚子[③]，从公于狩。

奉时辰牡，辰牡孔硕。公曰左之[④]，舍拔则获。

游于北园，四马既闲。輶车鸾镳[⑤]，载猃歇骄[⑥]。

【注释】

①驖（tiě）：毛色似铁的好马。　②辔（pèi）：马缰。③媚子：宠爱的人。　④左之：向左面射箭。　⑤輶（yóu）：用于驱赶堵截野兽的轻便车。　⑥猃（xiǎn）：长嘴的猎狗。

## 小戎

小戎俴收[①]，五楘梁辀[②]。游环胁驱[③]，阴靷鋈续[④]。

文茵畅毂[5]，驾我骐馵[6]。言念君子[7]，温其如玉[8]。在其板屋[9]，乱我心曲[10]。

四牡孔阜[11]，六辔在手。骐骝是中，騧骊是骖。龙盾之合，鋈以觼軜。言念君子，温其在邑。方何为期？胡然我念之[12]？

俴驷孔群[13]，厹矛鋈錞[14]。蒙伐有苑[15]，虎韔镂膺[16]。交韔二弓[17]，竹闭绲縢[18]。言念君子，载寝载兴[19]。厌厌良人[20]，秩秩德音。

【注释】

①小戎：兵车。 ②楘（mù）：用皮革分五处缠在车辕上，起加固和修饰作用。 ③游环：活动的环。 ④靷（yǐn）：引车前行的皮革。 ⑤文茵：有纹饰的虎皮坐垫。⑥骐：青黑色如棋盘格子纹的马。馵（zhù）：左后脚白色的马。 ⑦君子：此处指从军的丈夫。 ⑧温其如玉：女子形容丈夫性情温润如玉。 ⑨板屋：用木板建造的房屋。 ⑩心曲：心灵深处。 ⑪牡：公马。 ⑫胡然：为什么。 ⑬孔群：很协调。 ⑭厹（qiú）矛：头有三棱锋刃的长矛。 ⑮蒙（máng）：画杂乱的羽纹。 ⑯虎韔（chàng）：虎皮弓囊。⑰交韔二弓：两张弓，一弓向左，一弓向右，交错放在袋中。⑱闭：弓架，用以正弓。 ⑲载寝载兴：起卧不宁。 ⑳厌厌：安静柔和的样子。

## 蒹葭

蒹葭苍苍[1]，白露为霜。所谓伊人[2]，在水一方。溯洄从之[3]，道阻且长。溯游从之，宛在水中央。

蒹葭萋萋，白露未晞[4]。所谓伊人，在水之湄[5]。溯洄从之，道阻且跻。溯游从之，宛在水中坻。

蒹葭采采，白露未已。所谓伊人，在水之涘。溯洄从之，道阻且右。溯游从之，宛在水中沚。

【注释】

①苍苍：鲜明、茂盛貌。下文“萋萋”“采采”义同。②伊人：所思慕的对象。③溯洄：逆流而上。④晞（xī）：干。⑤湄：水和草交接的地方，也就是岸边。

## 终南

终南何有[①]？有条有梅[②]。君子至止，锦衣狐裘[③]。颜如渥丹[④]，其君也哉？

终南何有？有纪有堂[⑤]。君子至止，黻衣绣裳[⑥]。佩玉将将[⑦]，寿考不忘[⑧]。

【注释】

①终南：终南山。②条：树名，即山楸。③锦衣狐裘：当时诸侯的礼服。④渥（wò）：涂。⑤纪：山角。堂：山上宽平处。⑥黻（fú）衣：黑色青色花纹相间的上衣。⑦将将：同“锵锵”，象声词。⑧考：高寿。

## 黄鸟

交交黄鸟[①]，止于棘。谁从穆公[②]？子车奄息[③]。维此奄息，百夫之特[④]。临其穴，惴惴其慄。彼苍者天[⑤]，歼我良人！如可赎兮，人百其身[⑥]。

交交黄鸟，止于桑。谁从穆公？子车仲行。维此仲行，百夫之防。临其穴，惴惴其慄。彼苍者天，歼我良人！如可赎兮，人百其身。

交交黄鸟，止于楚。谁从穆公？子车鍼虎。维此鍼虎，百夫之御。临其穴，惴惴其慄。彼苍者天，歼我良人！如可赎兮，人百其身。

【注释】

①交交：鸟鸣声。 ②从：殉葬。 ③子车：复姓。奄息：人名。 ④特：杰出的人才。 ⑤彼苍者天：悲哀至极的呼号，犹今语“老天爷哪”。 ⑥人百其身：愿意死一百次来赎他。

## 晨风

鴥彼晨风[①]，郁彼北林[②]。未见君子，忧心钦钦[③]。如何如何？忘我实多！

山有苞栎[④]，隰有六驳[⑤]。未见君子，忧心靡乐。如何如何？忘我实多！

山有苞棣[⑥]，隰有树檖[⑦]。未见君子，忧心如醉。如何如何？忘我实多！

【注释】

①鴥（yù）：鸟疾飞的样子。晨风：鸟名，即鹯（zhān）鸟。 ②郁：形容茂密。 ③钦钦：忧而不忘之貌。 ④苞：丛生的样子。 ⑤六驳：木名。 ⑥棣：唐棣，也叫郁李。 ⑦树：形容檖树直立的样子。

## 无衣

岂曰无衣？与子同袍[①]。王于兴师[②]，修我戈矛。与子同仇！

岂曰无衣？与子同泽。王于兴师，修我矛戟。与子偕作！

岂曰无衣？与子同裳。王于兴师，修我甲兵。与子偕行！

**【注释】**

①袍：长袍，也就是今天的斗篷。 ②王：此处指周王。

## 渭阳

我送舅氏，曰至渭阳①。何以赠之？路车乘黄②。

我送舅氏，悠悠我思。何以赠之？琼瑰玉佩③。

**【注释】**

①阳：山南水北曰阳。 ②路车：诸侯之车。 ③琼瑰：玉之类的美石。

## 权舆

於我乎①！夏屋渠渠②。今也每食无余。於嗟乎！不承权舆③。

於我乎！每食四簋④。今也每食不饱。於嗟乎！不承权舆。

**【注释】**

①於：叹词。 ②夏屋：大屋。渠渠：深广的样子。 ③权舆：原意是草木初发，此处引申为起始。 ④簋（guǐ）：古代以青铜或陶制作的圆形食器。

岂曰无衣？与子同泽。

# 陈风

## 宛丘

子之汤兮[①]，宛丘之上兮[②]。洵有情兮[③]，而无望兮。

坎其击鼓，宛丘之下。无冬无夏，值其鹭羽。

坎其击缶，宛丘之道。无冬无夏，值其鹭翿[④]。

**【注释】**

①汤（dàng）：“荡”之借字。此处形容舞姿摇摆奔放。②宛丘：陈国丘名。③洵：确实，实在是。④翿（dào）：即诗中的鹭羽，是一种用鹭鸟羽毛制作的伞形舞蹈道具。

## 东门之枌

东门之枌[①]，宛丘之栩[②]。子仲之子[③]，婆娑其下。

穀旦于差[④]，南方之原。不绩其麻，市也婆娑[⑤]。

穀旦于逝，越以鬷迈[⑥]。视尔如荍[⑦]，贻我握椒。

**【注释】**

①枌（fén）：木名。白榆。②栩（xǔ）：柞树。③子：女儿。④穀（gǔ）：好，善。差：组。⑤市：街市。⑥鬷（zōng）：常常。⑦荍（qiáo）：锦葵花。

## 衡门

衡门之下[①]，可以栖迟[②]。泌之洋洋[③]，可以乐饥[④]。

岂其食鱼，必河之鲂[⑤]？岂其取妻，必齐之姜[⑥]？

岂其食鱼，必河之鲤？岂其取妻，必宋之子[⑦]？

【注释】

①衡门：衡，通“横”。横木为门。这里指简陋的房屋。②栖迟：栖息，此处指幽会。③泌（bì）：本义为泉水急流之貌，后来指陈国泌丘地方的泉水名。④乐饥：隐语，《诗经》中常将性的欲望称为饥，乐饥指满足性的饥渴。⑤鲂：鳊鱼。⑥姜：齐国的贵族姓氏。⑦子：宋国的贵族姓氏。

## 东门之池

东门之池，可以沤麻[①]。彼美淑姬[②]，可与晤歌[③]。

东门之池，可以沤纻[④]。彼美淑姬，可与晤语。

东门之池，可以沤菅[⑤]。彼美淑姬，可与晤言。

【注释】

①沤麻：长时间用水浸泡大麻、纻麻，使麻皮与麻杆分离。②淑姬：善良的姑娘。③晤歌：用歌声互相唱和。④纻：纻麻。⑤菅（jiān）：菅草。

## 东门之杨

东门之杨，其叶牂牂[①]。昏以为期[②]，明星煌煌[③]。

东门之杨，其叶肺肺[④]。昏以为期，明星晢晢[⑤]。

【注释】

①牂（zāng）牂：风吹树叶的响声。②期：约定的时间。③明星：启明星。煌煌：光亮貌。④肺（pèi）肺：同“牂牂”。⑤晢（zhé）晢：同“煌煌”。

## 墓门

墓门有棘[①]，斧以斯之[②]。夫也不良[③]，国人知之。知而不已，谁昔然矣[④]。

墓门有梅[⑤]，有鸮萃止[⑥]。夫也不良，歌以讯止[⑦]。讯予不顾，颠倒思予[⑧]。

**【注释】**

①墓门：墓道的门。 ②斯：劈开，砍掉。 ③夫：这个人，指作者讽刺之人。 ④谁昔：往昔，从前。 ⑤梅：梅树。 ⑥鸮（xiāo）：猫头鹰。萃：栖息。 ⑦讯：借作“谇”（suì），斥责，告诫。 ⑧颠倒：跌倒。

## 防有鹊巢

防有鹊巢[①]。邛有旨苕[②]。谁侜予美[③]？心焉忉忉[④]。

中唐有甓[⑤]，邛有旨鹝[⑥]。谁侜予美？心焉惕惕[⑦]。

**【注释】**

①防：水坝。 ②邛（qióng）：山丘。 ③侜（zhōu）：诳言欺骗。 ④忉（dāo）忉：忧虑状。 ⑤唐：朝堂前和宗庙门内的大路。甓（pì）：瓦片。 ⑥鹝（yì）：借为“虉”，绶草。 ⑦惕惕：提心吊胆状。

## 月出

月出皎兮，佼人僚兮，舒窈纠兮[①]。劳心悄兮[②]！
月出皓兮，佼人懰兮[③]，舒忧受兮。劳心慅兮[④]！
月出照兮[⑤]，佼人燎兮[⑥]，舒夭绍兮。劳心惨兮[⑦]！

【注释】

①舒：指从容娴雅。窈纠：形容女子行走时体态的曲线美。②劳心：忧心。悄：忧愁状。③懰（liú）：美好。④慅（cǎo）：心神不宁。⑤照：明亮貌。⑥燎：漂亮。⑦惨：《诗经》中它和“懆”通用，现代汉语作“躁”，焦躁貌。

## 株林

胡为乎株林[①]？从夏南[②]。匪适株林？从夏南。

驾我乘马，说于株野。乘我乘驹[③]，朝食于株[④]。

【注释】

①胡为：为什么。林：郊野。②从：此处意思是找人。③驹：马高五尺以上、六尺以下称“驹”。④朝食：吃早饭。

## 泽陂

彼泽之陂[①]，有蒲与荷[②]。有美一人，伤如之何[③]。寤寐无为，涕泗滂沱[④]。

彼泽之陂，有蒲与蕑[⑤]。有美一人，硕大且卷[⑥]。寤寐无为，中心悁悁[⑦]。

彼泽之陂，有蒲菡萏[⑧]。有美一人，硕大且俨。寤寐无为，辗转伏枕。

【注释】

①泽之陂（bēi）：池塘堤岸。②蒲：香蒲。③伤：因思念而忧伤。④涕泗：眼泪和鼻涕。⑤蕑（jiān）：兰草。⑥卷（quán）：漂亮，美好。⑦悁（yuān）悁：忧伤愁闷的样子。⑧菡萏（hàn dàn）：荷花。

# 桧风

## 羔裘

羔裘逍遥[①]，狐裘以朝[②]。岂不尔思，劳心忉忉[③]。
羔裘翱翔，狐裘在堂。岂不尔思，我心忧伤。
羔裘如膏[④]，日出有曜。岂不尔思，中心是悼。

【注释】

①逍遥：悠闲地走来走去。 ②朝：朝堂。 ③忉（dāo）忉：忧愁状。 ④膏：油脂。

## 素冠

庶见素冠兮[①]，棘人栾栾兮[②]，劳心慱慱兮[③]。
庶见素衣兮，我心伤悲兮，聊与子同归兮。
庶见素韠兮[④]，我心蕴结兮，聊与子如一兮。

【注释】

①庶：幸。 ②棘：瘦削。栾（luán）栾：形容人体枯肌瘦。③慱（tuán）慱：忧苦不安。 ④韠（bì）：即蔽膝，古人服饰，革制，缝在腹下膝上。

## 隰有苌楚

隰有苌楚[①]，猗傩其枝[②]。夭之沃沃[③]，乐子之无知！
隰有苌楚，猗傩其华。夭之沃沃，乐子之无家！
隰有苌楚，猗傩其实。夭之沃沃，乐子之无室！

**【注释】**

①隰（xí）：低湿的地方。苌（cháng）楚：猕猴桃。 ②猗傩（ē nuó）：义同“婀娜”，柔软的样子。 ③夭：少，此指幼嫩。沃沃：润泽的样子。

## 匪风

匪风发兮[①]，匪车偈兮[②]。顾瞻周道[③]，中心怛兮[④]。

匪风飘兮，匪车嘌兮[⑤]。顾瞻周道，中心吊兮[⑥]。

谁能亨鱼[⑦]？溉之釜鬵[⑧]。谁将西归？怀之好音。

**【注释】**

①匪：通“彼”。 ②偈（jié）：疾驰。 ③周道：大道。 ④怛（dá）：痛苦，悲伤。 ⑤嘌（piāo）：轻快。 ⑥吊：悲伤。 ⑦亨：通“烹”。 ⑧溉：通“概”，意为洗涤。釜：锅子。鬵（xín）：大锅。

# 曹风

## 蜉蝣

蜉蝣之羽，衣裳楚楚。心之忧矣，于我归处[1]？
蜉蝣之翼，采采衣服，心之忧矣，于我归息？
蜉蝣掘阅[2]，麻衣如雪。心之忧矣，于我归说？

**【注释】**

①于我归处：于何归处。 ②掘阅：有光泽。

## 候人

彼候人兮[1]，何戈与祋[2]。彼其之子[3]，三百赤芾[4]。
维鹈在梁[5]，不濡其翼[6]。彼其之子，不称其服[7]。
维鹈在梁，不濡其味[8]。彼其之子，不遂其媾[9]。
荟兮蔚兮[10]，南山朝隮[11]。婉兮娈兮[12]，季女斯饥[13]。

**【注释】**

①候人：官名，是看守边境、迎送宾客和治理道路、掌管禁令的小官。 ②何：通“荷”，扛着。 ③之子：这个人。 ④赤芾（fú）：赤色的蔽膝。 ⑤鹈（tí）：即鹈鹕。 ⑥濡（rú）：沾湿。 ⑦称：相称，相配。 ⑧味（zhòu）：禽鸟的喙。 ⑨媾：婚配，婚姻。 ⑩荟（huì）、蔚：虹云升腾的景色。 ⑪隮（jī）：同“跻”，升，登。 ⑫婉：年轻。 ⑬季女：少女。

## 鸤鸠

鸤鸠在桑[①]，其子七兮。淑人君子[②]，其仪一兮[③]。其仪一兮，心如结兮[④]。

鸤鸠在桑，其子在梅。淑人君子，其带伊丝[⑤]。其带伊丝，其弁伊骐[⑥]。

鸤鸠在桑，其子在棘。淑人君子，其仪不忒[⑦]。其仪不忒，正是四国[⑧]。

鸤鸠在桑，其子在榛[⑨]。淑人君子，正是国人。正是国人，胡不万年。

**【注释】**

①鸤（shī）鸠：布谷鸟。②淑人：善人。　③仪：仪态。④心如结：用心专一。　⑤伊：是。　⑥弁（biàn）：皮帽。⑦忒（tè）：差错。⑧正：法则。　⑨榛（zhēn）：丛生的树。

## 下泉

洌彼下泉[①]，浸彼苞稂[②]。忾我寤叹[③]，念彼周京[④]。

洌彼下泉，浸彼苞萧[⑤]。忾我寤叹，念彼京周。

洌彼下泉，浸彼苞蓍[⑥]。忾我寤叹，念彼京师。

芃芃黍苗[⑦]，阴雨膏之[⑧]。四国有王[⑧]，郇伯劳之[⑨]。

**【注释】**

①下泉：从地下涌出的泉水。　②苞：丛生。稂（láng）：一种野草。　③忾（kài）：叹息。　④周京：周朝的京都。与下文“京周”“京师”同义。　⑤萧：艾蒿。　⑥蓍（shī）：一种用于占卦的草。　⑦芃（péng）芃：茂盛而茁壮。　⑧有王：朝聘于天子。　⑨劳：慰劳。

七月流火，九月授衣。

# 豳风

## 七月

七月流火[①]，九月授衣[②]。一之日觱发[③]，二之日栗烈[④]。无衣无褐，何以卒岁？三之日于耜，四之日举趾。同我妇子，馌彼南亩[⑤]。田畯至喜[⑥]。

七月流火，九月授衣。春日载阳，有鸣仓庚[⑦]。女执懿筐[⑧]，遵彼微行[⑨]，爰求柔桑。春日迟迟，采蘩祁祁[⑩]。女心伤悲，殆及公子同归。

七月流火，八月萑苇[⑪]。蚕月条桑[⑫]，取彼斧斨[⑬]。以伐远扬[⑭]，猗彼女桑[⑮]。七月鸣鵙[⑯]，八月载绩。载玄载黄，我朱孔阳[⑰]，为公子裳。

四月秀葽[⑱]，五月鸣蜩[⑲]。八月其获，十月陨萚[⑳]。一之日于貉[㉑]，取彼狐狸，为公子裘。二之日其同，载缵武功[㉒]。言私其豵[㉓]，献豣于公[㉔]。

五月斯螽动股[㉕]，六月莎鸡振羽[㉖]。七月在野，八月在宇，九月在户，十月蟋蟀入我床下。穹窒熏鼠[㉗]，塞向墐户[㉘]。嗟我妇子，曰为改岁，入此室处。

六月食郁及薁，七月亨葵及菽。八月剥枣，十月获稻。为此春酒，以介眉寿。七月食瓜，八月断壶[㉙]，九月叔苴[㉚]。采荼薪樗[㉛]，食我农夫。

九月筑场圃，十月纳禾稼。黍稷重穋[㉜]，禾麻菽麦。嗟我农夫，我稼既同[㉝]，上入执宫功[㉞]。昼尔于茅，宵尔索绹[㉟]，亟其乘屋[㊱]，其始播百谷。

二之日凿冰冲冲[37]，三之日纳于凌阴[38]。四之日其蚤[39]，献羔祭韭。九月肃霜[40]，十月涤场。朋酒斯飨[41]，曰杀羔羊。跻彼公堂，称彼兕觥[42]，万寿无疆！

【注释】

①流火：大火星自南方高处向偏西方向下行。 ②授衣：裁制冬衣。 ③觱（bì）发：风吹过物体发出的声响。 ④栗烈：凛冽，寒冷。 ⑤馌（yè）：送饭。 ⑥田畯（jùn）：为领主监工的农官。 ⑦仓庚：黄莺。 ⑧懿筐：很深的筐。 ⑨微行：小路。 ⑩蘩：白蒿。祁祁：形容采蘩妇女众多。 ⑪萑（huán）苇：荻草与芦苇。 ⑫条桑：修整桑枝。 ⑬斨（qiāng）：方孔的斧。 ⑭远扬：长得特别高或特别长的桑枝。 ⑮女桑：很嫩的桑叶。 ⑯鸣鵙（jú）：伯劳鸟。 ⑰孔阳：色彩十分鲜明的样子。 ⑱秀：长穗。葽（yāo）：即远志，一种药用植物。 ⑲蜩（tiáo）：蝉。 ⑳陨：坠落。萚（tuò）：落叶。 ㉑于貉（hè）：猎貉。 ㉒缵（zuǎn）：继续。 ㉓豵（zōng）：小猪。 ㉔豜（jiān）：三岁的猪。 ㉕斯螽（zhōng）：即螽斯，昆虫名。 ㉖莎鸡：即纺织娘，昆虫名。 ㉗穹窒：堵住洞穴。 ㉘塞向：堵塞北窗。 ㉙壶：葫芦。 ㉚叔苴（jū）：拾麻籽。 ㉛荼：苦菜。樗（chū）：苦椿树。 ㉜重（chóng）：同“穜”，早种晚熟的谷。穋（lù）：同“稑”，晚种早熟的谷。 ㉝既同：已收齐。 ㉞宫功：修建宫室。 ㉟索绹（táo）：搓草绳。 ㊱乘屋：覆盖屋顶。 ㊲冲冲：凿冰的声音。 ㊳凌阴：冰窖。 ㊴蚤：同“早”，此指早朝，古代一种祭祀仪式。 ㊵肃霜：即“肃爽”，指天高气爽。 ㊶朋酒：成双的两壶酒。 ㊷兕觥（sì gōng）：铜制的犀牛状酒杯。

## 鸱鸮

鸱鸮鸱鸮[1]，既取我子[2]，无毁我室[3]。恩斯勤斯，鬻子之闵斯[4]！

迨天之未阴雨，彻彼桑土[5]，绸缪牖户。今女下民，或敢侮予！

予手拮据[6]，予所捋荼；予所蓄租[7]，予口卒瘏[8]，曰予未有室家[9]。

予羽谯谯[10]，予尾翛翛[11]。予室翘翘[12]。风雨所漂摇，予维音哓哓[13]！

**【注释】**

①鸱鸮（chī xiāo）：猫头鹰。 ②子：幼鸟。 ③室：鸟窝。 ④鬻（yù）：育。闵：病。 ⑤彻：通“撤”，取。桑土：桑根。 ⑥拮据：手病，此处意指鸟的脚爪劳累。 ⑦租：通“蒩”（jū），茅草。 ⑧卒瘏（tú）：患病。卒通“悴”。 ⑨室家：鸟窝。 ⑩谯（qiáo）谯：羽毛稀疏的样子。 ⑪翛（xiāo）翛：羽毛干枯无光泽的样子。 ⑫翘翘：危险不稳的状况。 ⑬哓（xiāo）哓：惊恐的叫声。

## 东山

我徂东山，慆慆不归[1]。我来自东，零雨其濛。我东曰归，我心西悲。制彼裳衣，勿士行枚[2]。蜎蜎者蠋[3]，烝在桑野[4]。敦彼独宿[5]，亦在车下。

我徂东山，慆慆不归。我来自东，零雨其濛。果臝之实[6]，亦施于宇[7]。伊威在室[8]，蟏蛸在户[9]。町畽鹿场[10]，熠耀宵行⑪。不可畏也，伊可怀也。

我徂东山，慆慆不归。我来自东，零雨其濛。鹳鸣于垤⑫，妇叹于室。洒扫穹窒，我征聿至⑬。有敦瓜苦⑭，烝在栗薪⑮。自我不见，于今三年。

我徂东山，慆慆不归。我来自东，零雨其濛。仓庚于飞，熠耀其羽。之子于归，皇驳其马⑯。亲结其缡⑰，九十其仪⑱。其新孔嘉，其旧如之何！

**【注释】**

①慆（tāo）慆：久。　②士：通“事”。行枚：行军时衔在口中以防止出声的竹棍。　③蜎（yuān）蜎：幼虫蜷曲的样子。　④烝：久。　⑤敦：团状。　⑥果蠃（luǒ）：葫芦科植物。　⑦施（yí）：蔓延。　⑧伊威：俗称土虱。　⑨蠨蛸（xiāo shāo）：一种蜘蛛。　⑩町畽（tǐng tuǎn）：动物留下的痕迹。　⑪宵行：磷火。　⑫垤（dié）：小土丘。　⑬聿：将要。　⑭瓜苦：苦瓜。　⑮栗薪：束薪，柴堆。　⑯皇：指马的毛色黄白相杂。驳：指马的毛色不纯。　⑰结缡（lí）：将佩巾结在带子上，这是古代婚仪。　⑱九十：形容很多。

## 破斧

既破我斧，又缺我斨①。周公东征，四国是皇②。哀我人斯，亦孔之将③。

既破我斧，又缺我锜。周公东征，四国是吪④。哀我人斯，亦孔之嘉。

既破我斧，又缺我銶。周公东征，四国是遒⑤。哀我人斯，亦孔之休⑥。

【注释】

①斨（qiāng）：斧的一种。 ②皇：同“惶”，恐惧。③孔：程度副词，可解释为很、甚、极。将：大。 ④吪（é）：教化。 ⑤遒（qiú）：一说固。一说敛。一说臣服。 ⑥休：美好。

## 伐柯

伐柯如何[①]？匪斧不克[②]。取妻如何[③]？匪媒不得。

伐柯伐柯，其则不远[④]。我覯之子[⑤]，笾豆有践[⑥]。

【注释】

①伐柯：采伐作斧头柄的木料。 ②匪：同“非”。③取：通“娶”。 ④则：原则、方法。 ⑤覯（gòu）：遇见。 ⑥笾（biān）豆：古代盛食品的器皿。这里是指迎亲的礼仪有条不紊。

## 九罭

九罭之鱼[①]鳟鲂[②]。我覯之子[③]，衮衣绣裳[④]。

鸿飞遵渚[⑤]，公归无所，于女信处[⑥]。

鸿飞遵陆，公归不复，于女信宿。

是以有衮衣兮！无以我公归兮[⑦]！无使我心悲兮！

【注释】

①九罭（yù）：网眼较小的渔网。 ②鳟鲂：鳟鱼和鲂鱼。③覯（gòu）：遇见。 ④衮（gǔn）：古时的高级礼服。 ⑤遵：沿着。 ⑥信处：再住一夜称信。处，指住宿。 ⑦无以：不要让。

## 狼跋

狼跋其胡[①]，载疐其尾[②]。公孙硕肤[③]，赤舄几几[④]。

狼疐其尾，载跋其胡。公孙硕肤，德音不瑕[⑤]？

**【注释】**

①跋：踩。胡：颈下垂肉。 ②载：则。疐（zhì）：同“踬”，跌倒。 ③硕肤：大腹便便。 ④赤舄（xì）：赤色鞋。几几：鲜明。 ⑤瑕：过失。

# 雅篇

# 小雅

## 鹿鸣

呦呦鹿鸣，食野之苹。我有嘉宾，鼓瑟吹笙。吹笙鼓簧，承筐是将[①]。人之好我，示我周行[②]。

呦呦鹿鸣，食野之蒿。我有嘉宾，德音孔昭[③]。视民不恌[④]，君子是则是效[⑤]。我有旨酒[⑥]，嘉宾式燕以敖[⑦]。

呦呦鹿鸣，食野之芩。我有嘉宾，鼓瑟鼓琴。鼓瑟鼓琴，和乐且湛[⑧]。我有旨酒，以燕乐嘉宾之心。

**【注释】**

①承筐：奉上礼品。将：送，献。　②周行（háng）：大道，引申为大道理。　③孔：很。　④视：同“示”。恌：同“佻”。　⑤则：法则，楷模，此处作动词用。　⑥旨：甘美。⑦敖：同“遨”，嬉游。　⑧湛（dān）：深厚。

## 四牡

四牡騑騑[①]，周道倭迟[②]。岂不怀归？王事靡盬[③]，我心伤悲。

四牡騑騑，啴啴骆马[④]。岂不怀归？王事靡盬，不遑启处[⑤]。

翩翩者鵻[⑥]，载飞载下，集于苞栩[⑦]。王事靡盬，不遑将父[⑧]。

翩翩者鵻，载飞载止，集于苞杞。王事靡盬，不遑将母。

常棣之华，鄂不韡韡。凡今之人，莫如兄弟。

驾彼四骆，载骤骎骎[9]。岂不怀归？是用作歌，将母来谂[10]。

【注释】

①骓（fēi）骓：马不停地走而显得疲劳。　②倭迟（wēi yí）：亦作“逶迤”，道路迂回遥远的样子。　③盬（gǔ）：止息。　④啴（tān）啴：喘息的样子。　⑤启处：指在家安居休息。　⑥雏（zhuī）：一种短尾的鸟。　⑦苞：茂密。　⑧将：奉养。　⑨骎（qīn）骎：形容马走得很快。　⑩谂（shěn）：想念。

## 皇皇者华

皇皇者华[1]，于彼原隰[2]。駪駪征夫[3]，每怀靡及[4]。
我马维驹，六辔如濡[5]。载驰载驱，周爰咨諏[6]。
我马维骐，六辔如丝。载驰载驱，周爰咨谋[7]。
我马维骆，六辔沃若[8]。载驰载驱，周爰咨度。
我马维骃，六辔既均。载驰载驱，周爰咨询。

【注释】

①皇皇：犹言“煌煌”，形容光彩甚盛。　②原隰（xí）：原野上高平之处为原，低湿之处为隰。　③駪（shēn）駪：众多疾行貌。　④靡及：不及。　⑤六辔：古代一车四马，马各二辔，其中两骖马的内辔，系在轼前不用，故称六辔。如濡：新鲜有光泽貌。　⑥爰：于。咨諏（zōu）：商量。　⑦咨谋：与“咨諏”同义。　⑧沃若：光泽盛貌。

## 常棣

常棣之华[1]，鄂不韡韡[2]。凡今之人，莫如兄弟。

死丧之威[3]，兄弟孔怀[4]。原隰裒矣[5]，兄弟求矣。

脊令在原[6]，兄弟急难。每有良朋，况也永叹。

兄弟阋于墙，外御其务[7]。每有良朋，烝也无戎[8]。

丧乱既平，既安且宁。虽有兄弟，不如友生[9]。

傧尔笾豆[10]，饮酒之饫[11]。兄弟既具，和乐且孺。

妻子好合，如鼓瑟琴。兄弟既翕，和乐且湛。

宜尔室家，乐尔妻帑。是究是图，亶其然乎[12]。

【注释】

①常棣：棠棣。 ②鄂：盛貌。韡（wěi）韡：鲜明貌。③威：通“畏”。 ④孔怀：最为思念、关怀。 ⑤裒（póu）：聚。 ⑥脊令：通“鹡鸰”，一种水鸟。 ⑦务：通“侮”。⑧烝：久。戎：帮助。 ⑨友生：友人。 ⑩傧（bīn）：陈列。 ⑪饫（yù）：满足。 ⑫亶（dǎn）：确实。

## 伐木

伐木丁丁，鸟鸣嘤嘤。出自幽谷，迁于乔木。嘤其鸣矣，求其友声。相彼鸟矣，犹求友声。矧伊人矣[1]，不求友生。神之听之，终和且平。

伐木许许，酾酒有苎[2]。既有肥羜[3]，以速诸父[4]。宁适不来[5]，微我弗顾[6]。於粲洒扫[7]，陈馈八簋。既有肥牡，以速诸舅[8]。宁适不来，微我有咎。

伐木于阪，酾酒有衍。笾豆有践，兄弟无远。民之失德，乾糇以愆[9]。有酒湑我[10]，无酒酤我。坎坎鼓我，蹲蹲舞我。迨我暇矣[11]，饮此湑矣。

【注释】

①矧（shěn）：况且。 ②酾（shī）：过滤。苎（xù）：酒

味甘美。③羜（zhù）：小羊羔。④速：邀请。⑤适：恰巧。⑥微：非。⑦粲：光明的样子。⑧诸舅：异姓亲友。⑨乾糇（hóu）：干粮。愆（qiān）：过错。⑩湑（xǔ）：滤酒。⑪迨（dài）：趁着。

## 天保

天保定尔，亦孔之固。俾尔单厚①，何福不除②。俾尔多益，以莫不庶。

天保定尔，俾尔戬穀③。罄无不宜④，受天百禄。降尔遐福，维日不足⑤。

天保定尔，以莫不兴。如山如阜，如冈如陵，如川之方至⑥，以莫不增。

吉蠲为饎⑦，是用孝享。禴祠烝尝⑧，于公先王。君曰卜尔⑨，万寿无疆。

神之吊矣⑩，诒尔多福。民之质矣，日用饮食。群黎百姓，遍为尔德⑪。

如月之恒⑫，如日之升。如南山之寿，不骞不崩⑬。如松柏之茂，无不尔或承。

**【注释】**

①俾（bǐ）：使。单厚：确实很多。②除：给予。③戬（jiǎn）穀（gǔ）：幸福。④罄：所有。⑤维：通“唯”，唯恐。⑥川之方至：河水涨潮。⑦蠲（juān）：祭祀前沐浴斋戒使清洁。⑧禴（yuè）祠烝尝：一年四季在宗庙里举行的祭祀的名称。⑨君：祭祀中扮演先王的神尸。⑩吊：降临。⑪为：通“化”，感化。⑫恒：指月到上弦。⑬骞（qiān）：因风雨剥蚀而亏损。

## 采薇

采薇采薇[①]，薇亦作止[②]。曰归曰归，岁亦莫止[③]。靡室靡家[④]，猃狁之故[⑤]。不遑启居[⑥]，猃狁之故。

采薇采薇，薇亦柔止。曰归曰归，心亦忧止。忧心烈烈[⑦]，载饥载渴。我戍未定，靡使归聘。

采薇采薇，薇亦刚止。曰归曰归，岁亦阳止。王事靡盬[⑧]，不遑启处。忧心孔疚，我行不来。

彼尔维何？维常之华。彼路斯何？君子之车。戎车既驾，四牡业业。岂敢定居？一月三捷。

驾彼四牡，四牡骙骙。君子所依，小人所腓[⑨]。四牡翼翼，象弭鱼服。岂不日戒？猃狁孔棘！

昔我往矣，杨柳依依。今我来思，雨雪霏霏。行道迟迟，载渴载饥。我心伤悲，莫知我哀！

**【注释】**

①薇：豆科植物。 ②作：生。 ③莫：“暮”的本字。岁暮，一年将尽之时。 ④靡：无。 ⑤猃狁（xiǎn yǔn）：北方少数民族。 ⑥不遑：没空。启：跪坐。 ⑦烈烈：火势很大的样子，此处形容忧心如焚。 ⑧盬（gǔ）：休止。 ⑨腓（fěi）：“庇”的假借，隐蔽。

## 出车

我出我车，于彼牧矣。自天子所，谓我来矣。召彼仆夫，谓之载矣。王事多难，维其棘矣。

我出我车，于彼郊矣。设此旐矣，建彼旄矣。彼旟旐斯，胡不旆旆[①]？忧心悄悄[②]，仆夫况瘁[③]。

王命南仲，往城于方。出车彭彭，旂旐央央。天子命我，城彼朔方。赫赫南仲，玁狁于襄。

昔我往矣，黍稷方华[4]。今我来思，雨雪载涂[5]。王事多难，不遑启居[6]。岂不怀归，畏此简书。

喓喓草虫，趯趯阜螽。未见君子，忧心忡忡。既见君子，我心则降[7]。赫赫南仲，薄伐西戎[8]。

春日迟迟，卉木萋萋。仓庚喈喈，采蘩祁祁。执讯获丑[9]，薄言还归[10]。赫赫南仲，玁狁于夷。

【注释】

①旆（pèi）旆：旗帜飘扬的样子。 ②悄悄：心情沉重的样子。 ③况瘁（cuì）：辛苦憔悴。 ④方：正值。 ⑤涂：即“途”。 ⑥启居：安坐休息。 ⑦降：安宁。 ⑧薄：借为“搏”，打击。 ⑨执讯：捉住审讯。获丑：俘虏。 ⑩薄：急。还：通“旋”，凯旋。

## 杕杜

有杕之杜[1]，有睆其实[2]。王事靡盬[3]，继嗣我日[4]。日月阳止[5]，女心伤止，征夫遑止[6]。

有杕之杜，其叶萋萋。王事靡盬，我心伤悲。卉木萋止，女心悲止，征夫归止。

陟彼北山，言采其杞。王事靡盬，忧我父母[7]。檀车幝幝[8]，四牡痯痯[9]，征夫不远。

匪载匪来，忧心孔疚[10]。斯逝不至，而多为恤。卜筮偕止，会言近止[11]，征夫迩止。

【注释】

①杕（dì）杜：孤生的棠梨树。 ②睆（huǎn）：果实圆

浑貌。 ③靡：没有。盬（gǔ）：停止。 ④嗣：延长，延续。 ⑤阳：农历十月，十月又名阳月。 ⑥遑：闲暇。一说忙。 ⑦忧：此为使动用法，使父母忧。 ⑧幝（chǎn）幝：破败。 ⑨痯（guǎn）痯：疲劳。 ⑩疚（jiù）：病痛。 ⑪会言：都说。

## 鱼丽

鱼丽于罶[①]，鲿鲨。君子有酒，旨且多。
鱼丽于罶，鲂鳢。君子有酒，多且旨。
鱼丽于罶，鰋鲤。君子有酒，旨且有。
物其多矣，维其嘉矣。
物其旨矣，维其偕矣。
物其有矣，维其时矣。

**【注释】**

①丽（lí）：同“罹”，遭遇。罶（liǔ）：捕鱼的工具。

## 南有嘉鱼

南有嘉鱼，烝然罩罩[①]。君子有酒，嘉宾式燕以乐。
南有嘉鱼，烝然汕汕。君子有酒，嘉宾式燕以衎[②]。
南有樛木[③]，甘瓠累之[④]。君子有酒，嘉宾式燕绥之[⑤]。
翩翩者雏[⑥]，烝然来思。君子有酒，嘉宾式燕又思[⑦]。

**【注释】**

①烝（zhēng）：众多。 ②衎（kàn）：快乐。 ③樛（jiū）：树木向下弯曲。 ④累：缠绕。 ⑤绥：安。 ⑥雏（zhuī）：鸟名，即鹁鸠。 ⑦又：通“侑”，劝酒。

## 南山有台

南山有台[①]，北山有莱[②]。乐只君子，邦家之基。乐只君子，万寿无期。

南山有桑，北山有杨。乐只君子，邦家之光。乐只君子，万寿无疆。

南山有杞，北山有李。乐只君子，民之父母。乐只君子，德音不已。

南山有栲，北山有杻。乐只君子，遐不眉寿[③]。乐只君子，德音是茂[④]。

南山有枸，北山有楰。乐只君子，遐不黄耇？乐只君子，保艾尔后[⑤]。

**【注释】**

①台：通“薹”，莎草。 ②莱：藜草。 ③眉寿：高寿。 ④茂：美盛。 ⑤保艾：保养。

## 蓼萧

蓼彼萧斯[①]，零露湑兮[②]。既见君子，我心写兮[③]。燕笑语兮，是以有誉处兮[④]。

蓼彼萧斯，零露瀼瀼。既见君子，为龙为光[⑤]。其德不爽，寿考不忘。

蓼彼萧斯，零露泥泥[⑥]。既见君子，孔燕岂弟[⑦]。宜兄宜弟，令德寿岂。

蓼彼萧斯，零露浓浓。既见君子，鞗革冲冲。和鸾雝雝，万福攸同[⑧]。

【注释】

①蓼（lù）：长而大的样子。 ②零：滴落。湑（xǔ）：叶子上沾着水珠。 ③写：舒畅。 ④誉处：安乐愉悦。 ⑤为龙为光：为被天子恩宠而荣幸。 ⑥泥泥：露水很重。 ⑦孔燕：非常安详。岂弟：同“凯悌”，和乐。 ⑧攸同：所聚。

## 湛露

湛湛露斯[①]，匪阳不晞[②]。厌厌夜饮[③]，不醉无归！

湛湛露斯，在彼丰草。厌厌夜饮，在宗载考[④]。

湛湛露斯，在彼杞棘。显允君子[⑤]，莫不令德[⑥]。

其桐其椅，其实离离[⑦]。岂弟君子，莫不令仪。

【注释】

①湛湛：露珠清莹盛多。 ②晞：干。 ③厌厌：和悦的样子。 ④考：祭享。 ⑤显允：光明磊落而诚信忠厚。 ⑥令：善美。 ⑦离离：犹“累累”。

## 彤弓

彤弓弨兮[①]，受言藏之[②]。我有嘉宾[③]，中心贶之[④]。钟鼓既设，一朝飨之[⑤]。

彤弓弨兮，受言载之。我有嘉宾，中心喜之。钟鼓既设，一朝右之。

彤弓弨兮，受言櫜之[⑥]。我有嘉宾，中心好之。钟鼓既设，一朝酬之。

【注释】

①弨（chāo）：弓弦松弛。 ②藏：珍藏于祖庙中。 ③嘉

宾：有功诸侯。④中心：内心。⑤一朝：整个上午。飨（xiǎng）：用酒食款待宾客。⑥櫜（gāo）：装弓的袋，此处指装入弓袋。

## 菁菁者莪

菁菁者莪[①]，在彼中阿[②]。既见君子，乐且有仪。

菁菁者莪，在彼中沚。既见君子，我心则喜。

菁菁者莪，在彼中陵。既见君子，锡我百朋。

泛泛杨舟，载沉载浮。既见君子，我心则休。

**【注释】**

①菁（jīng）菁：草木茂盛。②阿：山坳。

## 六月

六月栖栖[①]，戎车既饬[②]。四牡骙骙[③]，载是常服。猃狁孔炽，我是用急。王于出征，以匡王国。

比物四骊，闲之维则[④]。维此六月，既成我服。我服既成，于三十里[⑤]。王于出征，以佐天子。

四牡修广，其大有颙[⑥]。薄伐猃狁，以奏肤公[⑦]。有严有翼，共武之服[⑧]。共武之服，以定王国。

猃狁匪茹[⑨]，整居焦获。侵镐及方，至于泾阳。织文鸟章，白旆央央。元戎十乘，以先启行。

戎车既安，如轻如轩[⑩]。四牡既佶，既佶且闲。薄伐猃狁，至于大原。文武吉甫，万邦为宪[⑪]。

吉甫燕喜，既多受祉。来归自镐，我行永久。饮御诸友[⑫]，炰鳖脍鲤[⑬]。侯谁在矣，张仲孝友。

【注释】

①棲棲：忙碌紧急的样子。 ②饬（chì）：整顿，整理。③骙（kuí）骙：马很强壮的样子。 ④闲：训练。 ⑤于：往。 ⑥颙（yóng）：大头大脑的样子。 ⑦奏：建立。肤公：大功。 ⑧共：通“恭”，严肃地对待。武之服：打仗的事。⑨茹：柔弱。 ⑩如轾（zhì）如轩：车身前俯后仰。 ⑪宪：榜样。 ⑫御：进献。 ⑬炰（páo）：蒸煮。脍鲤：切成细条的鲤鱼。

## 采芑

薄言采芑[①]，于彼新田，于此菑亩。方叔莅止，其车三千，师干之试[②]。方叔率止，乘其四骐，四骐翼翼。路车有奭，簟茀鱼服，钩膺鞗革。

薄言采芑，于彼新田，于此中乡。方叔莅止，其车三千，旂旐央央。方叔率止，约軧错衡，八鸾玱玱[③]。服其命服[④]，朱芾斯皇，有瑲葱珩[⑤]。

鴥彼飞隼，其飞戾天[⑥]，亦集爰止。方叔莅止，其车三千，师干之试。方叔率止，钲人伐鼓[⑦]，陈师鞠旅[⑧]。显允方叔[⑨]，伐鼓渊渊，振旅阗阗[⑩]。

蠢尔蛮荆，大邦为仇。方叔元老，克壮其犹[⑪]。方叔率止，执讯获丑。戎车啴啴，啴啴焞焞，如霆如雷。显允方叔，征伐玁狁，蛮荆来威。

【注释】

①芑（qǐ）：苦荬菜。 ②试：演习。 ③玱（qiāng）玱，同“玱”，象声词，金玉撞击声。 ④服：穿起。命服：礼服。 ⑤葱珩（héng）：翠绿色的佩玉。 ⑥戾：到

鴥彼飞隼，其飞戾天，亦集爰止。

达。 ⑦钲人：掌管击钲击鼓的官员。 ⑧鞠：誓师。 ⑨显允：高贵英伟。 ⑩振旅：收兵。阗（tián）阗：击鼓声。 ⑪犹：通“猷”，谋略。

## 车攻

我车既攻①，我马既同。四牡庞庞，驾言徂东②。
田车既好③，田牡孔阜④。东有甫草，驾言行狩。
之子于苗，选徒嚣嚣⑤。建旐设旄，薄狩于敖。
驾彼四牡，四牡奕奕。赤芾金舄⑥，会同有绎⑦。
决拾既佽，弓矢既调。射夫既同⑧，助我举柴⑨。
四黄既驾，两骖不猗⑩。不失其驰，舍矢如破。
萧萧马鸣，悠悠旆旌。徒御不惊⑪，大庖不盈⑫。
之子于征，有闻无声。允矣君子，展也大成⑬。

**【注释】**

①攻：修缮。 ②徂（cú）：往。 ③田车：猎车。 ④阜（fù）：高大肥硕有气势。 ⑤选：通“算”，清点。嚣（áo）嚣：声音嘈杂。 ⑥赤芾（fú）：红色蔽膝。 ⑦有绎：连续不断而有次序的样子。 ⑧同：指比赛射箭的人找到对手。 ⑨柴：即“紫”，或作“胔”，堆积的动物尸体。 ⑩猗（yǐ）：通“倚”，偏差。 ⑪惊：“警”之假借字，机警。 ⑫大庖（páo）：天子的厨房。 ⑬展：诚。

## 吉日

吉日维戊①，既伯既祷②。田车既好，四牡孔阜。升彼大阜③，从其群丑④。

吉日庚午，既差我马[⑤]。兽之所同，麀鹿麌麌。漆沮之从，天子之所。

瞻彼中原，其祁孔有。儦儦俟俟[⑥]，或群或友[⑦]。悉率左右，以燕天子。

既张我弓，既挟我矢。发彼小豝，殪此大兕[⑧]。以御宾客，且以酌醴[⑨]。

【注释】

①维：是。 ②伯："祃"之假借。祃（mà），指师祭。③阜：山冈。 ④从：追逐。群丑：指群兽。 ⑤差：选择。⑥儦（biāo）儦：疾行。俟（sì）俟：缓行。 ⑦群：三只兽在一起为群。友：两只兽在一起为友。 ⑧殪（yì）：射死。兕（sì）：大野牛，或谓乃犀牛。 ⑨醴（lǐ）：甜酒。

## 鸿雁

鸿雁于飞，肃肃其羽。之子于征，劬劳于野[①]。爰及矜人[②]，哀此鳏寡[③]。

鸿雁于飞，集于中泽。之子于垣，百堵皆作。虽则劬劳，其究安宅。

鸿雁于飞，哀鸣嗷嗷。维此哲人[④]，谓我劬劳。维彼愚人，谓我宣骄[⑤]。

【注释】

①劬（qú）劳：勤劳辛苦。 ②矜人：穷苦的人。 ③鳏（guān）：老而无妻者。寡：老而无夫者。 ④哲人：通情达理的人。 ⑤宣骄：骄奢。

## 庭燎

夜如何其？夜未央[①]。庭燎之光[②]。君子至止，鸾声将将[③]。

夜如何其？夜未艾[④]。庭燎晣晣[⑤]。君子至止，鸾声哕哕[⑥]。

夜如何其？夜乡晨[⑦]。庭燎有辉[⑧]。君子至止，言观其旂。

**【注释】**

①央：尽。　②庭燎：宫廷中照亮的火炬。　③鸾：也作“銮”，铃。　④艾：尽。　⑤晣（zhé）晣：明亮。　⑥哕（huì）哕：铃声。　⑦乡（xiàng）：同“向”。　⑧辉：较暗淡的光。

## 沔水

沔彼流水[①]，朝宗于海[②]。鴥彼飞隼[③]，载飞载止。嗟我兄弟，邦人诸友。莫肯念乱[④]，谁无父母？

沔彼流水，其流汤汤。鴥彼飞隼，载飞载扬。念彼不迹[⑤]，载起载行。心之忧矣，不可弭忘。

鴥彼飞隼，率彼中陵。民之讹言，宁莫之惩。我友敬矣，谗言其兴。

**【注释】**

①沔（miǎn）：流水满溢。　②朝宗：归往。　③鴥（yù）：鸟疾飞。　④念：“尼”之假借，止。　⑤不迹：不循法度。

## 鹤鸣

鹤鸣于九皋[①]，声闻于野。鱼潜在渊，或在于渚[②]。乐彼之园，爰有树檀，其下维萚。他山之石，可以为错[③]。

鹤鸣于九皋，声闻于天。鱼在于渚，或潜在渊。乐彼之园，爰有树檀，其下维榖。他山之石，可以攻玉。

**【注释】**

①九：虚数，表示很多。皋：沼泽地。　②渚：此处指水滩。③错：砺石，可以打磨玉器。

## 祈父

祈父[①]！予王之爪牙。胡转予于恤[②]，靡所止居[③]。

祈父！予王之爪士。胡转予于恤？靡所厎止[④]。

祈父！亶不聪[⑤]。胡转予于恤？有母之尸饔[⑥]。

**【注释】**

①祈父：周代掌兵的官员，即大司马。　②恤：忧愁。③靡所：没有处所。　④厎（zhǐ）：停止。　⑤亶（dǎn）：确实。　⑥尸：陈列。

## 白驹

皎皎白驹，食我场苗。絷之维之[①]，以永今朝。所谓伊人[②]，于焉逍遥。

皎皎白驹，食我场藿。絷之维之，以永今夕。所谓伊人，于焉嘉客。

皎皎白驹，贲然来思[③]。尔公尔侯[④]，逸豫无期。慎尔优游，勉尔遁思。

皎皎白驹，在彼空谷。生刍一束，其人如玉。毋金玉尔音[⑤]，而有遐心[⑥]。

【注释】

①絷（zhí）：用绳子绊住马足。 ②伊人：指白驹的主人。③贲（bēn）然：马放蹄急驰貌。 ④公、侯：此处皆作动词，为公为侯之意。 ⑤金玉：珍惜之意。 ⑥遐心：疏远之心。

## 黄鸟

黄鸟黄鸟[①]，无集于榖[②]，无啄我粟。此邦之人，不我肯穀[③]。言旋言归[④]，复我邦族。

黄鸟黄鸟，无集于桑，无啄我粱。此邦之人，不可与明[⑤]。言旋言归，复我诸兄。

黄鸟黄鸟，无集于栩，无啄我黍。此邦之人，不可与处。言旋言归，复我诸父。

【注释】

①黄鸟：黄雀。 ②榖（gǔ）：楮木。 ③穀（gǔ）：养育。④旋：通“还”，回归。 ⑤明：通“盟”，讲信用。

## 我行其野

我行其野，蔽芾其樗[①]。昏姻之故，言就尔居[②]。尔不我畜[③]，复我邦家[④]。

我行其野，言采其蓫[⑤]。昏姻之故，言就尔宿。尔不我畜，言归斯复。

我行其野，言采其葍。不思旧姻，求尔新特[⑥]。成不以富，亦祇以异[⑦]。

【注释】

①蔽芾（fèi）：树木茂盛的样子。 ②就：从。 ③畜：养活。 ④邦家：故乡。 ⑤蓫（zhú）：一种野菜。 ⑥新特：新配偶。 ⑦祇（zhǐ）：恰恰。

## 无羊

谁谓尔无羊[①]？三百维群[②]。谁谓尔无牛？九十其犉[③]。尔羊来思，其角濈濈。尔牛来思，其耳湿湿。

或降于阿，或饮于池，或寝或讹。尔牧来思，何蓑何笠，或负其糇。三十维物，尔牲则具。

尔牧来思，以薪以蒸，以雌以雄。尔羊来思，矜矜兢兢，不骞不崩。麾之以肱，毕来既升。

牧人乃梦，众维鱼矣，旐维旟矣，大人占之[④]：众维鱼矣，实维丰年。旐维旟矣，室家溱溱。

【注释】

①尔：指放牧牛羊者。 ②三百：与下文“九十”均为虚指，形容牛羊众多。 ③犉（chún）：大牛。 ④大人：太卜之类官。

## 十月之交

十月之交[①]，朔月辛卯。日有食之，亦孔之丑。彼月而微，此日而微。今此下民，亦孔之哀。

日月告凶，不用其行。四国无政，不用其良。彼月而食，则维其常。此日而食，于何不臧！

烨烨震电[2]，不宁不令。百川沸腾，山冢崒崩[3]。高岸为谷，深谷为陵。哀今之人，胡憯莫惩[4]？

皇父卿士，番维司徒，家伯维宰，仲允膳夫[5]。聚子内史[6]，蹶维趣马[7]，楀维师氏[8]。艳妻煽方处。

抑此皇父，岂曰不时[9]？胡为我作，不即我谋。彻我墙屋[10]，田卒污莱。曰“予不戕[11]，礼则然矣”。

皇父孔圣，作都于向。择三有事[12]，亶侯多藏[13]。不慭遗一老[14]，俾守我王。择有车马，以居徂向。

黾勉从事[15]，不敢告劳。无罪无辜，谗口嚣嚣[16]。下民之孽，匪降自天。噂沓背憎[17]，职竞由人[18]。

悠悠我里[19]，亦孔之痗[20]。四方有羡，我独居忧。民莫不逸，我独不敢休。天命不彻，我不敢效我友自逸。

【注释】

①交：日月交会。 ②烨（yè）烨：雷电闪耀。 ③冢：山顶。崒：通“碎”，崩坏。 ④胡憯（cǎn）：怎么。 ⑤仲允：人名。膳夫：掌管周王饮食的官。 ⑥内史：掌管周王的法令和对诸侯封赏策命的官。 ⑦马：养马的官。 ⑧师氏：掌管贵族子弟教育的官。 ⑨不时：不按时。 ⑩彻：拆毁。 ⑪戕（qiāng）：残害。 ⑫三有事：三有司，即三卿。 ⑬亶（dǎn）：忠厚，诚实。 ⑭慭（yìn）：愿意，肯。 ⑮黾（mǐn）勉：努力。 ⑯嚣（áo）嚣：众多的样子。 ⑰噂（zǔn）：汇聚。 ⑱职：主要。 ⑲里：“悝”之假借，忧愁。 ⑳痗（mèi）：病。

## 小旻

旻天疾威[①]，敷于下土[②]。谋犹回遹[③]，何日斯沮[④]。谋臧不从[⑤]，不臧覆用[⑥]。我视谋犹，亦孔之邛[⑦]。

潝潝讹讹[⑧]，亦孔之哀。谋之其臧，则具是违。谋之不臧，则具是依。我视谋犹，伊于胡底。

我龟既厌，不我告犹[⑨]。谋夫孔多，是用不集。发言盈庭，谁敢执其咎！如匪行迈谋，是用不得于道。

哀哉为犹，匪先民是程，匪大犹是经[⑩]。维迩言是听[⑪]，维迩言是争。如彼筑室于道谋，是用不溃于成[⑫]。

国虽靡止，或圣或否。民虽靡朊[⑬]，或哲或谋，或肃或艾[⑭]。如彼泉流，无沦胥以败！

不敢暴虎，不敢冯河。人知其一，莫知其他。战战兢兢，如临深渊，如履薄冰。

**【注释】**

①旻（mín）天：秋天，此指苍天。疾威：暴虐。 ②敷：布施。 ③回遹（yù）：邪僻。 ④沮：停止。 ⑤从：听从，采用。 ⑥覆：反而。 ⑦邛（qióng）：毛病，错误。 ⑧潝（xì）潝：小人党同而相和的样子。讹（zǐ）讹：小人伐异而相毁的样子。 ⑨犹：策谋。 ⑩大犹：大道，常规。 ⑪迩言：指谗佞肤浅的言论。 ⑫溃：通“遂”，顺利，成功。 ⑬朊（wǔ）：肥。 ⑭艾：有治理国家才能的人。

## 小宛

宛彼鸣鸠，翰飞戾天。我心忧伤，念昔先人。明发不寐[①]，有怀二人。

人之齐圣，饮酒温克[②]。彼昏不知，壹醉日富。各敬尔仪，天命不又。

中原有菽[③]，庶民采之。螟蛉有子，蜾蠃负之。教诲尔子，式穀似之[④]。

题彼脊令[⑤]，载飞载鸣。我日斯迈[⑥]，而月斯征。夙兴夜寐，毋忝尔所生[⑦]。

交交桑扈，率场啄粟。哀我填寡[⑧]，宜岸宜狱[⑨]。握粟出卜，自何能穀？

温温恭人，如集于木。惴惴小心，如临于谷。战战兢兢，如履薄冰。

**【注释】**

①明发：天亮。 ②温克：善于克制自己以保持温和的仪态。 ③中原：原中，田野之中。 ④穀：善。 ⑤题（dì）：通“睇”，看。 ⑥迈：远行。 ⑦忝（tiǎn）：辱没。所生：指父母。 ⑧填：通“瘨（diān）”，病。 ⑨岸：诉讼。

## 巧言

悠悠昊天，曰父母且。无罪无辜，乱如此幠[①]。昊天已威[②]，予慎无罪。昊天泰幠[③]，予慎无辜。

乱之初生，僭始既涵[④]。乱之又生，君子信谗。君子如怒，乱庶遄沮[⑤]；君子如祉，乱庶遄已。

君子屡盟，乱是用长。君子信盗，乱是用暴。盗言孔甘，乱是用餤[⑥]。匪其止共[⑦]，维王之邛。

奕奕寝庙，君子作之。秩秩大猷[⑧]，圣人莫之[⑨]。他人有心，予忖度之。跃跃毚兔，遇犬获之。

荏染柔木[⑩]，君子树之。往来行言[⑪]，心焉数之。蛇蛇硕言[12]，出自口矣。巧言如簧，颜之厚矣。

彼何人斯？居河之麋。无拳无勇，职为乱阶。既微且尰[13]，尔勇伊何？为犹将多[14]，尔居徒几何？

【注释】

①怃（hū）：大。　②威：暴虐，威怒。　③泰怃：太傲慢。　④僭（jiàn）：通“谮”，谗言。　⑤遄沮：迅速终止。　⑥惔（tán）：原意为进食，引申为增多。　⑦止共：尽职尽责。　⑧秩秩大猷：多而有条理的典章制度。　⑨莫：制定。⑩荏（rěn）染：柔弱。　⑪行言：流言，谣言。　⑫蛇（yí）蛇硕言：夸夸其谈的大话。　⑬微：通“癓”，小腿生疮。　⑭犹：通“猷”，指诡计。

## 何人斯

彼何人斯？其心孔艰[1]。胡逝我梁？不入我门？伊谁云从，维暴之云！

二人从行，谁为此祸？胡逝我梁，不入唁我[2]？始者不如今，云不我可[3]！

彼何人斯？胡逝我陈[4]？我闻其声，不见其身。不愧于人？不畏于天？

彼何人斯？其为飘风。胡不自北？胡不自南？胡逝我梁？衹搅我心。

尔之安行，亦不遑舍[5]。尔之亟行，遑脂尔车。壹者之来，云何其盱[6]！

尔还而入，我心易也[7]。还而不入，否难知也。壹者之来，俾我衹也。

惴惴小心，如临于谷。战战兢兢，如履薄冰。

伯氏吹埙，仲氏吹篪。及尔如贯，谅不我知[8]？出此三物[9]，以诅尔斯[10]。

为鬼为蜮，则不可得。有靦面目[11]，视人罔极[12]。作此好歌，以极反侧。

【注释】

①艰：此指用心险恶难测。 ②唁：慰问。③可：好。④陈：堂下至门的路。 ⑤遑：空闲。舍：止息。 ⑥盱（xū）：忧、病，或曰望也。 ⑦易：悦。 ⑧谅：诚。 ⑨三物：猪、犬、鸡。 ⑩诅：诅咒。 ⑪靦（tiǎn）：露面见人之状。 ⑫罔极：没有准则，指其心多变难测。

## 巷伯

萋兮斐兮[1]，成是贝锦。彼谮[2]人者，亦已大甚！

哆兮侈兮[3]，成是南箕。彼谮人者，谁适与谋？

缉缉翩翩[4]，谋欲谮人。慎尔言也，谓尔不信。

捷捷幡幡，谋欲谮言。岂不尔受？既其女迁。

骄人好好[5]，劳人草草[6]。苍天苍天！视彼骄人，矜此劳人！

彼谮人者，谁适与谋？取彼谮人，投畀豺虎。豺虎不食，投畀有北。有北不受，投畀有昊。

杨园之道，猗于亩丘。寺人孟子[7]，作为此诗。凡百君子，敬而听之！

【注释】

①萋、斐（fěi）：都是文采相错的样子。 ②谮（zèn）人：说坏话诬陷别人的人。 ③哆（chǐ）：张口的样子。④缉缉：附耳私语状。翩翩：往来迅速的样子。 ⑤骄人：进

谗者。⑥劳人：被谗者。草草：忧愁的样子。⑦寺人：阉人，宦官。

## 谷风

习习谷风[①]，维风及雨[②]。将恐将惧[③]，维予与女[④]。将安将乐，女转弃予[⑤]。

习习谷风，维风及颓[⑥]。将恐将惧，寘予于怀[⑦]。将安将乐，弃予如遗[⑧]。

习习谷风，维山崔嵬。无草不死，无木不萎。忘我大德，思我小怨。

**【注释】**

①习习：大风声。②维：是。③将：方，当。④与：助。⑤转：反而。⑥颓：自上而下的旋风。⑦寘：同“置”。⑧遗：遗忘。

## 蓼莪

蓼蓼者莪[①]，匪莪伊蒿[②]。哀哀父母，生我劬劳[③]。

蓼蓼者莪，匪莪伊蔚。哀哀父母，生我劳瘁。

瓶之罄矣[④]，维罍之耻。鲜民之生[⑤]，不如死之久矣。无父何怙[⑥]？无母何恃？出则衔恤[⑦]，入则靡至。

父兮生我，母兮鞠我。拊我畜我[⑧]，长我育我，顾我复我，出入腹我。欲报之德。昊天罔极！

南山烈烈，飘风发发。民莫不穀，我独何害！

南山律律，飘风弗弗。民莫不穀，我独不卒[⑨]！

【注释】

①蓼（lù）蓼：长（cháng）又大的样子。　②匪：同“非”。　③劬（qú）劳：与下章“劳瘁”皆劳累之意。④瓶：汲水器具。罄（qìng）：尽。　⑤鲜（xiǎn）：指寡、孤。民：人。　⑥怙（hù）：依靠。　⑦衔恤：含忧。　⑧拊：通“抚”。畜：通“慉”，喜爱。　⑨卒：终，指养老送终。

## 四月

四月维夏[①]，六月徂暑[②]。先祖匪人[③]，胡宁忍予[④]？
秋日凄凄，百卉具腓[⑤]。乱离瘼矣[⑥]！爰其适归[⑦]？
冬日烈烈，飘风发发。民莫不穀[⑧]，我独何害[⑨]？
山有嘉卉，侯栗侯梅。废为残贼[⑩]，莫知其尤[⑪]。
相彼泉水，载清载浊[⑫]。我日构祸[⑬]，曷云能穀？
滔滔江汉，南国之纪。尽瘁以仕，宁莫我有？
匪鹑匪鸢，翰飞戾天。匪鳣匪鲔，潜逃于渊。
山有蕨薇，隰有杞桋。君子作歌，维以告哀。

【注释】

①四月：指夏历四月。下句“六月”同。　②徂（cú）：往。徂暑，意谓盛暑即将过去。　③匪人：不是他人。　④胡宁：为什么。　⑤卉（huì）：草的总名。　⑥瘼（mò）：病，疾苦。　⑦爰：何。适：往、去。　⑧穀（gǔ）：善、好。⑨何：通“荷”，承受。　⑩残贼：残害。　⑪尤：罪过。⑫载：又。　⑬构：“遘”的假借字，遇。

## 北山

陟彼北山，言采其杞。偕偕士子[①]，朝夕从事。王事靡盬[2]，忧我父母。

溥天之下，莫非王土；率土之滨[3]，莫非王臣。大夫不均，我从事独贤。

四牡彭彭[4]，王事傍傍[5]。嘉我未老，鲜我方将[6]。旅力方刚[7]，经营四方[8]。

或燕燕居息[9]，或尽瘁事国；或息偃在床[10]，或不已于行。

或不知叫号，或惨惨劬劳[11]；或栖迟偃仰[12]，或王事鞅掌[13]。

或湛乐饮酒，或惨惨畏咎；或出入风议[14]，或靡事不为[15]。

【注释】

①偕偕：健壮貌。 ②靡盬（gǔ）：无休止。 ③率土之滨：四海之内。 ④牡：公马。 ⑤傍傍：急急忙忙。 ⑥鲜（xiǎn）：称赞。 ⑦旅力：体力。旅，通“膂”。 ⑧经营：规划治理，此处指操劳办事。 ⑨燕燕：安闲自得貌。 ⑩息偃：躺着休息。 ⑪惨惨：又作“懆懆”，忧虑不安貌。劬（qú）劳：辛勤劳苦。 ⑫栖迟：休息游乐。 ⑬鞅掌：事多繁忙。 ⑭风议：放言高论。 ⑮靡事不为：无事不做。

## 无将大车

无将大车[1]，祇自尘兮。无思百忧，祇自疧兮[2]。

无将大车，维尘冥冥[3]。无思百忧，不出于颎[4]。

无将大车，维尘雝兮[5]。无思百忧，祇自重兮[6]。

【注释】

①将：此指推车。 ②疧（qí）：病痛。 ③冥冥：昏暗，

此处形容尘土迷蒙的样子。④颎（jiǒng）：通“耿”，心绪不宁。⑤雝（yōng）：通“壅”，引申为遮蔽。⑥重：通“肿”，一说借为“恫”，病痛，病累。

## 鼓钟

鼓钟将将，淮水汤汤，忧心且伤。淑人君子[1]，怀允不忘。

鼓钟喈喈[2]，淮水湝湝，忧心且悲。淑人君子，其德不回[3]。

鼓钟伐鼛，淮有三洲，忧心且妯[4]。淑人君子，其德不犹。

鼓钟钦钦，鼓瑟鼓琴，笙磬同音。以雅以南，以籥不僭。

【注释】

①淑：善。②喈（jiē）喈：声音和谐。③回：邪。④妯（chōu）：因悲伤而动容，心绪不宁。

## 信南山

信彼南山[1]，维禹甸之[2]。畇畇原隰，曾孙田之。我疆我理[3]，南东其亩。

上天同云[4]，雨雪雰雰[5]，益之以霢霂[6]。既优既渥，既霑既足。生我百谷。

疆埸翼翼[7]，黍稷彧彧[8]。曾孙之穑[9]，以为酒食。畀我尸宾[10]，寿考万年。

中田有庐，疆埸有瓜。是剥是菹[11]，献之皇祖。曾孙寿

考，受天之祜。

祭以清酒，从以骍牡，享于祖考。执其鸾刀，以启其毛，取其血膋。

是烝是享，苾苾芬芬[12]。祀事孔明，先祖是皇。报以介福。万寿无疆！

**【注释】**

①信（shēn）：即“伸”，延伸。 ②甸：治理。 ③疆：划田界。 ④上天：冬季的天空。 ⑤雰雰：纷纷。 ⑥霢霂（mài mù）：小雨。 ⑦埸（yì）：田界。 ⑧彧（yù）彧：同“郁郁”，茂盛貌。 ⑨穑：收获庄稼。 ⑩畀（bì）：给予。 ⑪菹（zū）：腌菜。 ⑫苾（bì）：浓香。

## 甫田

倬彼甫田[1]，岁取十千[2]。我取其陈，食我农人。自古有年[3]，今适南亩。或耘或耔，黍稷薿薿[4]。攸介攸止[5]，烝我髦士[6]。

以我齐明[7]，与我牺羊，以社以方。我田既臧，农夫之庆。琴瑟击鼓，以御田祖[8]。以祈甘雨，以介我稷黍，以穀我士女。

曾孙来止，以其妇子。馌彼南亩，田畯至喜。攘其左右，尝其旨否。禾易长亩，终善且有。曾孙不怒，农夫克敏。

曾孙之稼，如茨如梁。曾孙之庾，如坻如京。乃求千斯仓，乃求万斯箱。黍稷稻粱，农夫之庆。报以介福，万寿无疆。

【注释】

①倬：广阔。②十千：言其多。③有年：丰收年。④薿（nǐ）薿：茂盛的样子。⑤介：长大。⑥烝：进呈。髦士：英俊人士。⑦齐（zī）明：祭祀用的谷物。⑧御（yà）：同“迓”，迎接。

## 大田

大田多稼[①]，既种既戒[②]，既备乃事[③]。以我覃耜[④]，俶载南亩[⑤]。播厥百谷[⑥]，既庭且硕[⑦]，曾孙是若[⑧]。

既方既皁[⑨]，既坚既好，不稂不莠[⑩]。去其螟螣，及其蟊贼，无害我田稺[⑪]。田祖有神，秉畀炎火。

有渰萋萋[⑫]，兴雨祁祁。雨我公田，遂及我私。彼有不获稺，此有不敛穧，彼有遗秉，此有滞穗，伊寡妇之利。

曾孙来止，以其妇子。馌彼南亩，田畯至喜。来方禋祀[⑬]，以其骍黑，与其黍稷。以享以祀，以介景福[⑭]。

【注释】

①大田：面积广阔的农田。②种：指选种子。③乃事：这些事。④覃（yǎn）：“剡”，锋利。⑤俶（chù）载：开始从事。⑥厥：其。⑦庭：通“挺”，挺拔。⑧曾孙是若：顺了曾孙的愿望。⑨方：通“房”，指谷粒生嫩壳，但未合满。皁（zào）：指谷壳结成，但未坚实。⑩稂（láng）：指穗粒空瘪的禾。⑪稺（zhì）：幼，幼小。⑫有渰（yǎn）：即“渰渰”，阴云密布的样子。⑬禋（yīn）祀：升烟以祭，泛指祭祀。⑭介：“丐”的假借，祈求。

## 瞻彼洛矣

瞻彼洛矣，维水泱泱。君子至止，福禄如茨①。靺韐有奭，以作六师。

瞻彼洛矣，维水泱泱。君子至止，鞞琫有珌②。君子万年，保其家室。

瞻彼洛矣，维水泱泱。君子至止，福禄既同③。君子万年，保其家邦。

**【注释】**

①茨：聚集。 ②鞞（bǐ）：刀鞘。 ③同：聚集。

## 裳裳者华

裳裳者华①，其叶湑兮②。我觏之子③，我心写兮④。我心写兮，是以有誉处兮⑤。

裳裳者华，芸其黄矣⑥。我觏之子，维其有章矣⑦。维其有章矣，是以有庆矣。

裳裳者华，或黄或白。我觏之子，乘其四骆。乘其四骆，六辔沃若⑧。

左之左之，君子宜之。右之右之，君子有之。维其有之，是以似之。

**【注释】**

①裳裳：犹“堂堂”，旺盛鲜艳的样子。 ②湑（xǔ）：茂盛的样子。 ③觏（gòu）：遇见。 ④写：通“泻”，心情舒畅。 ⑤誉：通“豫”，安乐。 ⑥芸：色彩浓艳。 ⑦章：服饰文采。 ⑧沃若：光滑柔软的样子。

君子万年，保其家邦。

## 桑扈

交交桑扈，有莺其羽[①]。君子乐胥[②]，受天之祜。

交交桑扈，有莺其领。君子乐胥，万邦之屏。

之屏之翰[③]，百辟为宪[④]。不戢不难[⑤]，受福不那[⑥]。

兕觥其觩[⑦]，旨酒思柔[⑧]。彼交匪敖，万福来求。

**【注释】**

①莺：有文采的样子。 ②君子：此指群臣。 ③翰：“干”的假借，支柱。 ④百辟：各国诸侯。 ⑤戢（jí）：克制。难（nuó）：通“傩”，行有节度。 ⑥那（nuó）：多。⑦兕觥（sì gōng）：牛角酒杯。觩（qiú）：弯曲的样子。⑧旨酒：美酒。

## 鸳鸯

鸳鸯于飞，毕之罗之。君子万年，福禄宜之。

鸳鸯在梁，戢其左翼[①]。君子万年，宜其遐福[②]。

乘马在厩，摧之秣之[③]。君子万年，福禄艾之[④]。

乘马在厩，秣之摧之。君子万年，福禄绥之[⑤]。

**【注释】**

①戢（jí）：插。 ②遐：远。 ③秣（mò）：用粮食喂马。 ④艾：养。 ⑤绥：安。

## 頍弁

有頍者弁[①]，实维伊何[②]？尔酒既旨，尔肴既嘉。岂伊异人？兄弟匪他。茑与女萝，施于松柏。未见君子，忧心奕奕。既见君子，庶几说怿[3]。

有頍者弁，实维何期？尔酒既旨，尔肴既时。岂伊异人？兄弟具来。茑与女萝，施于松上。未见君子，忧心怲怲[4]。既见君子，庶几有臧。

有頍者弁，实维在首。尔酒既旨，尔肴既阜。岂伊异人？兄弟甥舅。如彼雨雪[5]，先集维霰[6]。死丧无日，无几相见[7]。乐酒今夕，君子维宴。

【注释】

①弁（biàn）：皮弁，用白鹿皮制成的圆顶礼帽。 ②实维伊何：是为伊何。 ③说怿（yuè yì）：欢欣喜悦。说，通"悦"。 ④怲（bǐng）怲：忧愁貌。 ⑤雨（yù）雪：下雪。⑥霰（xiàn）：雪珠。 ⑦无几：没有多久。

## 车舝

间关车之舝兮[1]，思娈季女逝兮[2]。匪饥匪渴，德音来括[3]。虽无好友，式燕且喜。

依彼平林[4]，有集维鷮。辰彼硕女[5]，令德来教。式燕且誉，好尔无射[6]。

虽无旨酒，式饮庶几。虽无嘉肴，式食庶几。虽无德与女，式歌且舞。

陟彼高冈，析其柞薪。析其柞薪，其叶湑兮[7]。鲜我觏尔[8]，我心写兮。

高山仰止，景行行止。四牡騑騑，六辔如琴。觏尔新昏，以慰我心。

【注释】

①间关：车行时发出的声响。②娈：妩媚可爱。季女：少女。③括：犹“佸”，结合。④依：茂盛的样子。⑤辰：通“珍”，美好。⑥无射（yì）：不厌。⑦湑（xǔ）：茂盛。⑧觏（gòu）：遇见。

## 青蝇

营营青蝇，止于樊。岂弟君子，无信谗言。

营营青蝇，止于棘。谗人罔极，交乱四国。

营营青蝇，止于榛。谗人罔极，构我二人[①]。

【注释】

①构：陷害。

## 鱼藻

鱼在在藻，有颁其首[①]。王在在镐，岂乐饮酒。

鱼在在藻，有莘其尾[②]。王在在镐，饮酒乐岂。

鱼在在藻，依于其蒲。王在在镐，有那其居[③]。

【注释】

①颁（fén）：头大的样子。②莘（shēn）：尾巴长的样子。③那（nuó）：安闲的样子。

## 采菽

采菽采菽，筐之筥之。君子来朝，何锡予之？虽无予之，路车乘马；又何予之，玄衮及黼。

觱沸槛泉[1]，言采其芹。君子来朝，言观其旂。其旂淠淠[2]，鸾声嘒嘒[3]。载骖载驷，君子所届。

赤芾在股，邪幅在下[4]。彼交匪纾[5]，天子所予。乐只君子，天子命之。乐只君子，福禄申之。

维柞之枝，其叶蓬蓬。乐只君子，殿天子之邦[6]。乐只君子，万福攸同。平平左右[7]，亦是率从。

汎汎杨舟，绋缅维之。乐只君子，天子葵之。乐只君子，福禄膍之[8]。优哉游哉，亦是戾矣[9]。

【注释】

①觱（bì）沸：泉水涌出的样子。 ②淠（pèi）淠：旗帜飘动。 ③嘒（huì）嘒：铃声有节奏。 ④邪幅：裹腿。 ⑤彼交：不急不躁。 ⑥殿：镇抚。 ⑦平平：治理。 ⑧膍（pí）：厚赐。 ⑨戾（lì）：安定。

## 角弓

骍骍角弓[1]，翩其反矣[2]。兄弟昏姻[3]，无胥远矣[4]。

尔之远矣，民胥然矣[5]。尔之教矣，民胥傚矣。

此令兄弟[6]，绰绰有裕[7]。不令兄弟，交相为瘉[8]。

民之无良，相怨一方。受爵不让，至于己斯亡[9]。

老马反为驹，不顾其后。如食宜饇[10]，如酌孔取[11]。

毋教猱升木[12]，如涂涂附[13]。君子有徽猷[14]，小人与属[15]。

雨雪瀌瀌[16]，见晛曰消[17]。莫肯下遗[18]，式居娄骄[19]。

雨雪浮浮，见晛曰流。如蛮如髦，我是用忧。

【注释】

①骍（xīn）骍：弦和弓调和的样子。 ②翩：此指反过来弯

曲的样子。③昏姻：指异姓亲戚。④胥：相。⑤胥：皆。⑥令：善。⑦绰绰：宽裕舒缓的样子。⑧瘉（yù）：病，此指残害。⑨亡：通“忘”。⑩饫（yù）：饱。⑪孔：多。⑫猱（náo）：猿类，善攀缘。⑬涂：泥土。附：沾着。⑭徽：美。猷：道。⑮与：依附。⑯瀌（biāo）瀌：下雪很盛的样子。⑰晛（xiàn）：日气。⑱遗：通“隤”，柔顺的样子。⑲娄：借为“屡”。

## 菀柳

有菀者柳[①]，不尚息焉[②]。上帝甚蹈[③]，无自暱焉。俾予靖之[④]，后予极焉[⑤]。

有菀者柳，不尚愒焉。上帝甚蹈，无自瘵焉[⑥]。俾予靖之，后予迈焉[⑦]。

有鸟高飞，亦傅于天[⑧]。彼人之心，于何其臻？曷予靖之？居以凶矜？

【注释】

①菀（yù）：树木茂盛。②尚：庶几。③蹈：动，变化无常。④靖：谋。⑤极：同“殛”，惩罚。⑥瘵（zhài）：病。⑦迈：指放逐。⑧傅：至。

## 都人士

彼都人士，狐裘黄黄。其容不改，出言有章。行归于周，万民所望。

彼都人士，臺笠缁撮[①]。彼君子女，绸直如发[②]。我不见兮，我心不说[③]。

彼都人士，充耳琇实[4]。彼君子女，谓之尹吉。我不见兮，我心苑结。

彼都人士，垂带而厉。彼君子女，卷发如虿。我不见兮，言从之迈。

匪伊垂之，带则有余。匪伊卷之，发则有旟。我不见兮，云何盱矣[5]。

【注释】

①缁撮：青布冠。 ②绸：通“稠”。 ③说（yuè）：同“悦”。 ④琇（xiù）：一种宝石。 ⑤盱（xū）：忧。

## 采绿

终朝采绿[1]，不盈一匊。予发曲局，薄言归沐。

终朝采蓝，不盈一襜。五日为期，六日不詹。

之子于狩，言韔其弓。之子于钓，言纶之绳。

其钓维何？维鲂及鱮。维鲂及鱮，薄言观者[2]。

【注释】

①绿：通“菉”，草名。 ②观：多。

## 黍苗

芃芃黍苗，阴雨膏之。悠悠南行，召伯劳之。

我任我辇，我车我牛。我行既集[1]，盖云归哉[2]。

我徒我御，我师我旅。我行既集，盖云归处。

肃肃谢功[3]，召伯营之。烈烈征师[4]，召伯成之。

原隰既平，泉流既清。召伯有成，王心则宁。

【注释】

①集：完成。 ②盖（hé）：同“盍”，何不。 ③功：工程。 ④烈烈：威武的样子。

## 隰桑

隰桑有阿[①]，其叶有难[②]。既见君子，其乐如何！
隰桑有阿，其叶有沃。既见君子，云何不乐！
隰桑有阿，其叶有幽[③]。既见君子，德音孔胶。
心乎爱矣，遐不谓矣？中心藏之，何日忘之？

【注释】

①阿（ē）：通“婀”，美。 ②难（nuó）：通“娜”，盛。 ③幽：通“黝”，青黑色。

# 大雅

## 文王

文王在上，於昭于天。周虽旧邦，其命维新。有周不显，帝命不时。文王陟降①，在帝左右。

亹亹文王②，令闻不已③。陈锡哉周，侯文王孙子。文王孙子，本支百世。凡周之士，不显亦世④。

世之不显，厥犹翼翼⑤。思皇多士，生此王国。王国克生，维周之桢⑥；济济多士，文王以宁。

穆穆文王，於缉熙敬止⑦。假哉天命。有商孙子。商之孙子，其丽不亿⑧。上帝既命，侯于周服。

侯服于周，天命靡常⑨。殷士肤敏，祼将于京。厥作祼将，常服黼冔。王之荩臣⑩。无念尔祖。

无念尔祖，聿修厥德。永言配命，自求多福。殷之未丧师⑪，克配上帝⑫。宜鉴于殷，骏命不易。

命之不易，无遏尔躬。宣昭义问，有虞殷自天。上天之载，无声无臭。仪刑文王⑬，万邦作孚。

**【注释】**

①陟降：上行曰陟，下行曰降。 ②亹（wěi）亹：勤勉不倦貌。 ③令闻：美好的名声。 ④亦世：犹“奕世”，即累世。 ⑤厥：其。犹：同“猷”，谋划。 ⑥桢（zhēn）：支柱，骨干。 ⑦缉熙：光明。 ⑧其丽不亿：其数极多。 ⑨靡常：无常。 ⑩荩（jìn）臣：进用之臣。 ⑪丧师：指丧失民心。 ⑫克配上帝：可以与上天之意相称。 ⑬仪刑：效法。

## 棫朴

芃芃棫朴，薪之槱之[1]。济济辟王[2]，左右趣之[3]。
济济辟王，左右奉璋。奉璋峨峨[4]，髦士攸宜[5]。
淠彼泾舟，烝徒楫之[6]。周王于迈[7]，六师及之。
倬彼云汉[8]，为章于天。周王寿考，遐不作人。
追琢其章[9]，金玉其相。勉勉我王，纲纪四方。

【注释】

①槱（yǒu）：聚积木柴以备燃烧。 ②辟（bì）王：君王。 ③趣（qū）：趋向，归向。 ④峨峨：盛装壮美的样子。⑤髦士：优秀之士。 ⑥烝徒：众人。 ⑦于迈：出征。 ⑧倬（zhuō）：广大。 ⑨追（duī）：通“雕”。追琢，即雕琢。

## 旱麓

瞻彼旱麓[1]，榛楛济济。岂弟君子，干禄岂弟[2]。
瑟彼玉瓒，黄流在中。岂弟君子，福禄攸降[3]。
鸢飞戾天，鱼跃于渊。岂弟君子，遐不作人[4]。
清酒既载，骍牡既备。以享以祀，以介景福。
瑟彼柞棫，民所燎矣。岂弟君子，神所劳矣。
莫莫葛藟，施于条枚。岂弟君子，求福不回[5]。

【注释】

①旱麓：旱山山脚。 ②干：求。 ③攸：所。 ④遐：通“胡”，何。 ⑤回：邪僻。

## 思齐

思齐大任[1]，文王之母。思媚周姜，京室之妇。大姒嗣徽音，则百斯男。

惠于宗公，神罔时怨，神罔时恫[2]。刑于寡妻[3]，至于兄弟，以御于家邦。

雝雝在宫[4]，肃肃在庙。不显亦临，无射亦保[5]。

肆戎疾不殄，烈假不瑕[6]。不闻亦式，不谏亦入。

肆成人有德，小子有造[7]。古之人无斁，誉髦斯士。

**【注释】**

①齐（zhāi）：通“斋”，端庄貌。 ②恫（tōng）：哀痛。 ③刑：同“型”，典型，典范。寡妻：嫡妻。 ④雝（yōng）雝：和洽貌。宫：家。 ⑤无射（yì）：即“无斁”，不厌倦。 ⑥烈假：指害人的疾病。 ⑦小子：儿童。

## 灵台

经始灵台[1]，经之营之。庶民攻之，不日成之。经始勿亟，庶民子来。

王在灵囿，麀鹿攸伏[2]。麀鹿濯濯，白鸟翯翯[3]。王在灵沼，於牣鱼跃[4]。

虡业维枞[5]，贲鼓维镛[6]。於论鼓钟[7]，於乐辟廱。

於论鼓钟，於乐辟廱。鼍鼓逢逢[8]。曚瞍奏公[9]。

**【注释】**

①经始：开始计划营建。 ②麀（yōu）鹿：母鹿。 ③翯（hè）翯：洁白。 ④牣（rèn）：满。 ⑤虡（jù）：悬钟的木架。 ⑥贲（fén）：借为“鼖”，大鼓。 ⑦论：通“伦”，有次序。 ⑧鼍（tuó）：扬子鳄。 ⑨曚（měng）、瞍（sǒu）：古代对盲人的两种称呼。

既醉以酒，既饱以德。君子万年，介尔景福。

## 下武

下武维周[1]，世有哲王。三后在天，王配于京[2]。

王配于京，世德作求。永言配命，成王之孚。

成王之孚，下土之式。永言孝思[3]，孝思维则。

媚兹一人[4]，应侯顺德。永言孝思，昭哉嗣服。

昭兹来许，绳其祖武。于万斯年，受天之祜。

受天之祜，四方来贺。于万斯年，不遐有佐。

**【注释】**

①下武：在后继承。　②配：指上应天命。　③孝思：孝顺先人。　④媚：爱戴。

## 文王有声

文王有声，遹骏有声。遹求厥宁，遹观厥成。文王烝哉！

文王受命，有此武功。既伐于崇，作邑于丰。文王烝哉！

筑城伊淢[1]，作丰伊匹。匪棘其欲，遹追来孝。王后烝哉！

王公伊濯[2]，维丰之垣。四方攸同，王后维翰。王后烝哉！

丰水东注，维禹之绩。四方攸同，皇王维辟。皇王烝哉！

镐京辟廱，自西自东，自南自北，无思不服。皇王烝哉！

考卜维王，宅是镐京[3]。维龟正之，武王成之。武王烝哉！

丰水有芑，武王岂不仕？诒厥孙谋，以燕翼子。武王烝哉！

【注释】

①減（xù）：假借为“洫”，即护城河。 ②濯：本义是洗涤，引申为“光大”义。 ③宅：指择吉祥之地营建宫室。

## 行苇

敦彼行苇[1]，牛羊勿践履。方苞方体[2]，维叶泥泥[3]。戚戚兄弟，莫远具尔。或肆之筵[4]，或授之几。

肆筵设席，授几有缉御[5]。或献或酢，洗爵奠斝[6]。醓醢以荐[7]，或燔或炙。嘉殽脾臄[8]，或歌或咢[9]。

敦弓既坚[10]，四鍭既钧，舍矢既均，序宾以贤。敦弓既句，既挟四鍭。四鍭如树，序宾以不侮。

曾孙维主，酒醴维醹；酌以大斗，以祈黄耇[11]。黄耇台背，以引以翼。寿考维祺，以介景福。

【注释】

①敦（tuán）彼：草丛生。 ②方苞：始茂。 ③泥泥：叶润泽貌。 ④肆：陈设。 ⑤缉御：有人侍候。 ⑥洗爵：周时礼制。 ⑦醓（tǎn）：多汁的肉酱。 ⑧脾：通“膍”，牛胃。臄（jué）：牛舌。 ⑨咢（è）：只打鼓不伴唱。 ⑩敦弓：雕弓。 ⑪黄耇（gǒu）：年高长寿。

## 既醉

既醉以酒，既饱以德。君子万年，介尔景福[1]。

既醉以酒，尔殽既将[②]。君子万年，介尔昭明[③]。

昭明有融[④]，高朗令终[⑤]。令终有俶[⑥]，公尸嘉告。

其告维何？笾豆静嘉。朋友攸摄，摄以威仪。

威仪孔时，君子有孝子。孝子不匮，永锡尔类。

其类维何？室家之壶。君子万年，永锡祚胤。

其胤维何？天被尔禄。君子万年，景命有仆。

其仆维何？釐尔女士。釐尔女士，从以孙子。

**【注释】**

①介：借为“丐”，施与。 ②将：美。 ③昭明：光明。 ④有融：盛长之貌。 ⑤令终：好的结果。 ⑥俶（chù）：始。

## 凫鹥

凫鹥在泾，公尸来燕来宁[①]。尔酒既清，尔殽既馨。公尸燕饮，福禄来成。

凫鹥在沙，公尸来燕来宜。尔酒既多，尔殽既嘉。公尸燕饮，福禄来为[②]。

凫鹥在渚，公尸来燕来处[③]。尔酒既湑[④]，尔殽伊脯。公尸燕饮，福禄来下。

凫鹥在潀[⑤]，公尸来燕来宗[⑥]。既燕于宗，福禄攸降。公尸燕饮，福禄来崇。

凫鹥在亹[⑦]，公尸来止熏熏。旨酒欣欣，燔炙芬芬。公尸燕饮，无有后艰。

**【注释】**

①尸：神主。 ②为：施，加。 ③处：安乐。 ④湑（xǔ）：过滤。 ⑤潀（cōng）：水流汇合之处。 ⑥宗：尊

敬。 ⑦亹（mén）：对峙如门的山峡口。

## 假乐

假乐君子[①]，显显令德。宜民宜人，受禄于天。保右命之，自天申之。

干禄百福，子孙千亿。穆穆皇皇，宜君宜王。不愆不忘[②]，率由旧章[③]。

威仪抑抑，德音秩秩。无怨无恶，率由群匹。受福无疆，四方之纲。

之纲之纪，燕及朋友。百辟卿士，媚于天子。不解于位，民之攸塈[④]。

**【注释】**

①假：通“嘉”，美好。 ②愆（qiān）：过失。忘：糊涂。③率：循。由：从。 ④塈（xì）：安宁。

## 泂酌

泂酌彼行潦[①]，挹彼注兹[②]，可以饙饎[③]。岂弟君子，民之父母。

泂酌彼行潦，挹彼注兹，可以濯罍。岂弟君子，民之攸归。

泂酌彼行潦，挹彼注兹，可以濯溉。岂弟君子，民之攸塈。

**【注释】**

①泂（jiǒng）：远。行（háng）潦（lǎo）：路边的积水。②挹（yì）：舀出。 ③饙（fēn）：蒸。饎（chì）：饭食。

## 民劳

民亦劳止！汔可小康。惠此中国[①]，以绥四方。无纵诡随[②]，以谨无良。式遏寇虐，憯不畏明[③]。柔远能迩，以定我王。

民亦劳止！汔可小休。惠此中国，以为民逑。无纵诡随，以谨惛怓[④]。式遏寇虐，无俾民忧。无弃尔劳，以为王休[⑤]。

民亦劳止！汔可小息。惠此京师，以绥四国。无纵诡随，以谨罔极。式遏寇虐，无俾作慝[⑥]。敬慎威仪，以近有德。

民亦劳止！汔可小愒。惠此中国，俾民忧泄。无纵诡随，以谨丑厉[⑦]。式遏寇虐，无俾正败。戎虽小子，而式弘大。

民亦劳止！汔可小安。惠此中国，国无有残。无纵诡随，以谨缱绻。式遏寇虐，无俾正反[⑧]。王欲玉女，是用大谏。

**【注释】**

①中国：周王朝直接统治的地区。 ②诡随：诡诈欺骗。③憯（cǎn）：曾，乃。 ④惛怓（hūn náo）：喧嚷争吵。⑤休：美，此指利益。 ⑥慝（tè）：恶。 ⑦丑厉：恶人。⑧正反：政治颠倒。

## 烝民

天生烝民[①]，有物有则。民之秉彝[②]，好是懿德。天监有周，昭假于下[③]。保兹天子，生仲山甫。

仲山甫之德，柔嘉维则。令仪令色，小心翼翼。古训是式，威仪是力。天子是若，明命使赋[④]。

王命仲山甫，式是百辟[⑤]。缵戎祖考[⑥]，王躬是保。出纳王命，王之喉舌[⑦]。赋政于外，四方爰发[⑧]。

肃肃王命，仲山甫将之。邦国若否[⑨]，仲山甫明之。既明且哲，以保其身。夙夜匪解[⑩]，以事一人。

人亦有言："柔则茹之[⑪]，刚则吐之。"维仲山甫，柔亦不茹，刚亦不吐。不侮矜寡，不畏强御。

人亦有言："德輶如毛[⑫]，民鲜克举之。"我仪图之[⑬]，维仲山甫举之，爱莫助之。衮职有阙[⑭]，维仲山甫补之。

仲山甫出祖，四牡业业。征夫捷捷，每怀靡及。四牡彭彭，八鸾锵锵。王命仲山甫，城彼东方。

四牡骙骙，八鸾喈喈。仲山甫徂齐，式遄其归。吉甫作诵，穆如清风。仲山甫永怀，以慰其心。

**【注释】**

①烝：众。 ②秉彝：常理，常性。 ③假：至。 ④赋：颁布。 ⑤辟：君，此指诸侯。 ⑥缵（zuǎn）：继承。 ⑦喉舌：代言人。 ⑧爰发：乃行。 ⑨否（pǐ）：恶，闭塞。 ⑩解（xiè）：通"懈"。 ⑪茹：吃。 ⑫輶（yóu）：轻。 ⑬仪图：揣度。 ⑭职：犹"适"，即适值。

# 颂篇

# 周颂

## 清庙

於穆清庙[①]，肃雝显相[②]！济济多士[③]，秉文之德[④]；对越在天[⑤]，骏奔走在庙[⑥]。不显不承[⑦]，无射于人斯[⑧]！

【注释】

①清庙：清静的宗庙。　②肃雝（yōng）：庄重而和顺的样子。　③多士：指祭祀时承担各种职事的官吏。　④文之德：周文王的德行。　⑤对越：犹“对扬”，对是报答，扬是颂扬。　⑥骏：敏捷，迅速。　⑦不（pī）：通“丕”，大。承：继承。　⑧射（yì）：借为“斁”，厌弃。

## 维天之命

维天之命，於穆不已。於乎不显，文王之德之纯。假以溢我[①]，我其收之。骏惠我文王[②]，曾孙笃之。

【注释】

①溢：安静，安宁。　②骏惠：顺。

## 维清

维清缉熙，文王之典[①]。肇禋[②]，迄用有成[③]，维周之祯[④]。

**【注释】**

①典：法。　②肇：开始。禋（yīn）：祭祀。　③迄：至。④祯：吉祥。

## 烈文

烈文辟公[①]，锡兹祉福[②]。惠我无疆，子孙保之。无封靡于尔邦[③]，维王其崇之[④]。念兹戎功[⑤]，继序其皇之[⑥]。无竞维人，四方其训之[⑦]。不显维德，百辟其刑之[⑧]。於乎！前王不忘。

**【注释】**

①烈：光明。辟公：诸侯。　②锡（cì）：赐。　③靡：罪恶。　④崇：尊重。　⑤戎：大。　⑥序：通“叙”，业。⑦训：导。　⑧百辟：众诸侯。刑：通“型”，效法。

## 天作

天作高山[①]，大王荒之[②]。彼作矣[③]，文王康之[④]。彼徂矣[⑤]，岐有夷之行，子孙保之。

**【注释】**

①高山：指岐山。　②荒：扩大，治理。　③作：治理。④康：继续。　⑤徂：往。

## 昊天有成命

昊天有成命[①]，二后受之[②]。成王不敢康[③]，夙夜基命宥密[④]。於缉熙[⑤]，单厥心[⑥]，肆其靖之[⑦]。

【注释】

①成命：既定的天命。　②二后：周文王与周武王。　③康：安乐，安宁。　④宥（yòu）密：宽仁宁静。　⑤缉熙：光明。⑥单：通“殚”，竭尽。　⑦肆：巩固。靖：安定。

## 我将

我将我享[①]，维羊维牛，维天其右之[②]！仪式刑文王之典[③]，日靖四方。伊嘏文王[④]，既右飨之。我其夙夜，畏天之威，于时保之[⑤]。

【注释】

①享：献祭品。　②右：通“佑”，保佑。　③仪式：法度。　④嘏（jiǎ）：伟大。　⑤于时：于是。

## 时迈

时迈其邦[①]，昊天其子之，实右序有周[②]。薄言震之[③]，莫不震叠[④]。怀柔百神[⑤]，及河乔岳[⑥]。允王维后[⑦]，明昭有周[⑧]。式序在位[⑨]，载戢干戈[⑩]，载櫜弓矢[⑪]。我求懿德，肆于时夏。允王保之！

【注释】

①迈：巡守。　②右：同“佑”，保佑。　③震：威严。　④震叠：即“震慑”，震惊慑服。叠：通“慑”，畏服。⑤怀柔：安抚。　⑥河：黄河。乔岳：高山。　⑦允：诚然，的确。　⑧明昭：即“昭明”，显著，此为发扬光大的意思。⑨序在位：合理安排在位的诸侯。　⑩戢（jí）：收藏。　⑪櫜（gāo）：古代盛衣甲或弓箭的皮囊。

## 执竞

执竞武王[①]，无竞维烈[②]。不显成康[③]，上帝是皇[④]。自彼成康，奄有四方[⑤]，斤斤其明[⑥]。钟鼓喤喤[⑦]，磬筦将将[⑧]。降福穰穰，降福简简[⑨]。威仪反反[⑩]，既醉既饱，福禄来反[⑪]。

【注释】

①执：制服。竞：强，指强敌。 ②烈：功绩。 ③成：周成王。康：周康王。 ④上帝：指上天。 ⑤奄：覆盖。⑥斤斤：明察。 ⑦喤（huáng）喤：声音洪亮和谐。 ⑧将（qiāng）将：声音盛多。 ⑨简简：大。 ⑩威仪：祭祀时的礼节仪式。反反：慎重。 ⑪反：同“返”，回归，有报答之意。

## 思文

思文后稷[①]，克配彼天[②]。立我烝民[③]，莫匪尔极[④]。贻我来牟，帝命率育。无此疆尔界，陈常于时夏[⑤]。

【注释】

①文：文德，即治理国家、发展经济的功德。 ②克：能够。 ③立：通“粒”，米食，这里指养育。 ④极：无量功德。 ⑤夏：中国。

## 臣工

嗟嗟臣工[①]，敬尔在公[②]。王釐尔成[③]，来咨来茹[④]。嗟嗟保介[5]，维莫之春[6]，亦又何求[7]？如何新畬[8]。於皇来牟[9]，将受厥明[10]。明昭上帝[11]，迄用康年[12]。命我众人，庤乃钱鎛[13]，奄观铚艾。

【注释】

①臣工：群臣百官。 ②在公：为公家工作。 ③釐：通“赉（lài）”，赐。成：指功绩。 ④茹：商度。 ⑤保介：田官。 ⑥莫（mù）：古“暮”字，莫之春即暮春，麦将成熟时。 ⑦求：需求。 ⑧新畬（yú）：耕种两年的田叫新，耕种三年的田叫畬。 ⑨来牟：麦子。 ⑩厥明：厥，其，指代将熟之麦。 ⑪明昭：明智而洞察。 ⑫迄用：终于。康年：丰年。⑬庤（zhì）：储备。

## 噫嘻

噫嘻成王！既昭假尔[1]。率时农夫，播厥百谷。

骏发尔私[2]，终三十里[3]。亦服尔耕[4]，十千维耦。

【注释】

①昭假（gé）：招请。 ②骏：迅疾。 ③终：尽。 ④服：从事。

## 振鹭

振鹭于飞[1]，于彼西雝[2]。我客戾止，亦有斯容。

在彼无恶，在此无斁[3]。庶几夙夜，以永终誉。

【注释】

①振：群飞的样子。 ②雝（yōng）：水泽。 ③斁（yì）：厌弃。

## 丰年

丰年多黍多稌，亦有高廪[①]，万亿及秭[②]。为酒为醴，烝畀祖妣[③]。以洽百礼[④]，降福孔皆。

**【注释】**

①廪：粮仓。 ②秭（zǐ）：数词，十亿。 ③畀（bì）：给予。祖妣：男女祖先。 ④洽：配合。百礼：各种礼仪。

## 有瞽

有瞽有瞽[①]，在周之庭。设业设虡[②]，崇牙树羽[③]。应田县鼓[④]，鞉磬柷圉[⑤]。既备乃奏[⑥]，箫管备举[⑦]。喤喤厥声[⑧]，肃雝和鸣[⑨]，先祖是听。我客戾止，永观厥成。

**【注释】**

①瞽（gǔ）：盲人。这里指周代的盲人乐师。 ②业：悬挂乐器的横木上的大板。虡（jù）：悬挂乐器的直木架，上有业。 ③崇牙：业上用以挂乐器的木钉。 ④应：小鼓。田：大鼓。县（xuán）："悬"的本字。 ⑤鞉（táo）：一种立鼓。 ⑥备：安排就绪。 ⑦箫管：竹制吹奏乐器。 ⑧喤（huáng）喤：乐声大而和谐。 ⑨肃雝（yōng）：肃穆舒缓。

## 潜

猗与漆沮[①]，潜有多鱼[②]。
有鳣有鲔，鲦鲿鰋鲤。
以享以祀，以介景福。

**【注释】**

①猗与：赞美之词。漆沮：两条河流名。 ②潜：通“槮（sǎn）”，放在水中供鱼栖止的柴堆。

## 雝

有来雝雝[①]，至止肃肃。相维辟公[②]，天子穆穆。
於荐广牡[③]，相予肆祀。假哉皇考[④]！绥予孝子。
宣哲维人[⑤]，文武维后。燕及皇天，克昌厥后。
绥我眉寿，介以繁祉。既右烈考[⑥]，亦右文母[⑦]。

**【注释】**

①雝（yōng）雝：和睦。 ②辟公：诸侯。 ③荐：进献。 ④假：大。 ⑤宣哲：明智。 ⑥烈考：先父。 ⑦文母：有文德的母亲。

## 载见

载见辟王[①]，曰求厥章[②]。龙旂阳阳[③]，和铃央央[④]。
鞗革有鸧[⑤]，休有烈光[⑥]。率见昭考，以孝以享。
以介眉寿，永言保之，思皇多祜。
烈文辟公[⑦]，绥以多福，俾缉熙于纯嘏[⑧]。

**【注释】**

①辟王：君王。 ②章：法度。 ③阳阳：鲜明。 ④央央：铃声和谐。 ⑤鞗（tiáo）革：马缰绳上的铜饰。 ⑥休：美。 ⑦烈文：辉煌而有文德。 ⑧纯嘏（gǔ）：大福。

## 有客

有客有客[①]，亦白其马。有萋有且[②]，敦琢其旅[③]。

有客宿宿[④]，有客信信[⑤]。言授之絷，以絷其马。

薄言追之[⑥]，左右绥之。既有淫威，降福孔夷。

**【注释】**

①客：指宋微子。 ②有萋有且（jū）：此指随从众多。③敦琢：意为雕琢，引申为选择。 ④宿：一宿曰宿。 ⑤信：再宿曰信。 ⑥追：饯行送别。

## 武

於皇武王[①]！无竞维烈[②]。允文文王[③]，克开厥后[④]。

嗣武受之[⑤]，胜殷遏刘[⑥]，耆定尔功[⑦]。

**【注释】**

①皇：光耀。 ②烈：功业。 ③允：信然。 ④克：能。⑤嗣：后嗣。 ⑥刘：杀戮。 ⑦耆（zhǐ）：致使。

## 闵予小子

闵予小子[①]，遭家不造[②]，嬛嬛在疚[③]。

於乎皇考[④]，永世克孝[⑤]。念兹皇祖[⑥]，陟降庭止。

维予小子，夙夜敬止。於乎皇王！继序思不忘[⑦]。

**【注释】**

①闵：通“悯”，怜悯。 ②不造：不善，指遭凶丧。③嬛（qióng）嬛：同“茕茕”，孤独无依靠。 ④皇考：指周武王。 ⑤克：能。 ⑥皇祖：指周文王。 ⑦序：事业。

## 访落

访予落止[①]，率时昭考[②]。於乎悠哉[③]！朕未有艾[④]。

将予就之[⑤]，继犹判涣[⑥]。维予小子，未堪家多难。

绍庭上下[⑦]，陟降厥家。休矣皇考，以保明其身。

**【注释】**

①访：谋，商讨。落：始。 ②率：遵循。 ③悠：远。 ④艾：阅历。 ⑤将：助。 ⑥判涣：大。 ⑦绍：继。

## 敬之

敬之敬之[①]！天维显思[②]，命不易哉[③]。无曰高高在上，陟降厥士，日监在兹。维予小子，不聪敬止。日就月将，学有缉熙于光明[④]。佛时仔肩[⑤]，示我显德行[⑥]。

**【注释】**

①敬：通“儆”，警诫。 ②显：明察。 ③命：天命。 ④缉熙：积累光亮，喻掌握知识渐广渐深。 ⑤佛（bì）：通“弼”，辅助。一说指大。仔肩：责任。 ⑥显：美好。

## 小毖

予其惩而毖后患[①]：莫予荓蜂[②]，自求辛螫；肇允彼桃虫[③]，拚飞维鸟[④]；未堪家多难[⑤]，予又集于蓼。

**【注释】**

①毖：警戒。 ②荓（píng）蜂：引申为扶助之意。 ③肇：开始。 ④拚：翻飞。 ⑤多难：指武庚、管叔、蔡叔之乱。

允文文王，克开厥后。

## 载芟

载芟载柞[①]，其耕泽泽[②]。千耦其耘[③]，徂隰徂畛[④]。

侯主侯伯[⑤]，侯亚侯旅[⑥]，侯彊侯以[⑦]，有嗿其馌[⑧]。

思媚其妇[⑨]，有依其士[⑩]。有略其耜[⑪]，俶载南亩[⑫]。

播厥百谷，实函斯活[⑬]。驿驿其达[⑭]，有厌其傑[⑮]。

厌厌其苗，绵绵其麃[⑯]。载获济济，有实其积，万亿及秭[⑰]。

为酒为醴，烝畀祖妣，以洽百礼。有飶其香，邦家之光。

有椒其馨，胡考之宁。匪且有且，匪今斯今，振古如兹[⑱]。

**【注释】**

①载芟（shān）载柞（zuò）：又割杂草又砍树木。②泽泽：通“释释”，土解。③耘：除田间杂草。④畛（zhěn）：田边小路。⑤主：家长。⑥旅：幼小子弟辈。⑦彊：同“强”，强壮者。以：雇工。⑧嗿（tǎn）：众人饮食声。⑨媚：美。⑩依：壮盛。⑪有略：略略，形容耜的锋刃很锋利。⑫俶（chù）：始。南亩：田地。⑬实：种子。活：活生生。⑭达：出土。⑮傑：特出之苗。⑯麃（biāo）：谷物的穗。⑰亿：十万。⑱振古：终古。

## 良耜

畟畟良耜[①]，俶载南亩[②]。播厥百谷，实函斯活[③]。或来瞻女[④]，载筐及莒，其饟伊黍。其笠伊纠[⑤]，其镈斯赵[⑥]，以薅荼蓼[⑦]。荼蓼朽止，黍稷茂止。获之挃挃[⑧]，积之栗栗[⑨]。其崇如墉[⑩]，其比如栉[⑪]，以开百室[⑫]。百室盈止，妇子宁止。杀时犉牡，有捄其角。以似以续[⑬]，续古之人。

【注释】

①畟（cè）畟：形容耒耜（古代一种像犁的农具）的锋刃快速入土。 ②俶（chù）：开始。 ③函：指种子播下之后孕育发芽。 ④瞻：看。 ⑤纠：指用草绳编织而成。 ⑥赵：锋利好使。 ⑦薅（hāo）：去掉田中杂草。 ⑧挃（zhì）挃：形容收割庄稼的摩擦声。 ⑨栗栗：形容收割的庄稼堆积之多。 ⑩墉（yōng）：高高的城墙。 ⑪比：排列。 ⑫百室：指众多的粮仓。 ⑬似（sì）：通"嗣"，继续。

## 丝衣

丝衣其紑[①]，载弁俅俅[②]。自堂徂基[③]，自羊徂牛。

鼐鼎及鼒[④]，兕觥其觩。旨酒思柔。不吴不敖[⑤]，胡考之休。

【注释】

①丝衣：祭服。紑（fóu）：洁白鲜明貌。 ②俅（qiú）俅：形容冠饰美丽的样子。 ③堂：庙堂。 ④鼐（nài）：大鼎。鼒（zī）：小鼎。 ⑤吴：大声说话，喧哗。

## 酌

於铄王师[①]，遵养时晦[②]。时纯熙矣，是用大介。

我龙受之，蹻蹻王之造[③]。载用有嗣，实维尔公允师。

【注释】

①王师：王朝的军队。 ②养：攻取。 ③蹻（jué）蹻：勇武之貌。

## 桓

绥万邦[1]，娄丰年[2]。天命匪解[3]。

桓桓武王[4]，保有厥士，于以四方，克定厥家。

於昭于天，皇以间之[5]。

**【注释】**

①绥：平定。 ②娄（lǚ）：同“屡”。 ③匪解（xiè）：非懈，不懈怠。 ④桓桓：威武。 ⑤间（jiàn）：代替。

## 赉[1]

文王既勤止，我应受之。敷时绎思[2]，我徂维求定。时周之命，於绎思。

**【注释】**

①赉（lài）：赐予。 ②敷：遍布，施政于天下。

## 般

於皇时周[1]，陟其高山[2]，嶞山乔岳[3]，允犹翕河[4]。敷天之下[5]，裒时之对[6]，时周之命[7]。

**【注释】**

①皇：伟大。 ②陟（zhì）：登高。 ③嶞（duò）：低矮狭长的山。 ④河：黄河。 ⑤敷：遍。 ⑥裒（póu）：聚。 ⑦时：通“侍”，承受。

# 鲁颂

## 駉

駉駉牡马[①]，在坰之野[②]。薄言駉者，有驈有皇，有骊有黄，以车彭彭[③]。思无疆，思马斯臧。

駉駉牡马，在坰之野。薄言駉者，有骓有駓，有骍有骐，以车伾伾[④]。思无期，思马斯才。

駉駉牡马，在坰之野。溥言駉者，有驒有骆，有駵有雒，以车绎绎[⑤]。思无斁[⑥]，思马斯作。

駉駉牡马，在坰之野。薄言駉者，有骃有騢，有驔有鱼[⑦]，以车祛祛[⑧]。思无邪，思马斯徂。

【注释】

①駉（jiōng）駉：马健壮貌。　②坰（jiōng）：野外。　③以车：用马驾车。　④伾（pī）伾：有力的样子。　⑤绎绎：跑得很快的样子。　⑥斁（yì）：厌倦。　⑦鱼：两眼长两圈白毛的马。　⑧祛（qū）祛：强健的样子。

## 有駜

有駜有駜[①]，駜彼乘黄[②]。夙夜在公[③]，在公明明[④]。振振鹭[⑤]，鹭于下。鼓咽咽[⑥]，醉言舞。于胥乐兮[⑦]！

有駜有駜，駜彼乘牡[⑧]。夙夜在公，在公饮酒。振振鹭，鹭于飞。鼓咽咽，醉言归。于胥乐兮！

有駜有駜，駜彼乘駽[⑨]。夙夜在公，在公载燕[⑩]。自今以始，岁其有。君子有穀，诒孙子[⑪]。于胥乐兮！

**【注释】**

①駜（bì）：马肥壮貌。　②乘（shèng）黄：四匹黄马。③公：官府。　④明明：通“勉勉”，努力貌。　⑤振振鹭：群飞貌。　⑥咽咽：不停的鼓声。　⑦胥：皆，都。　⑧牡：公马。　⑨駽（xuān）：青骊马。　⑩载：则。　⑪诒：留。

# 商颂

## 那

猗与那与[①]，置我鞉鼓[②]。奏鼓简简[③]，衎我烈祖[④]。
汤孙奏假[⑤]，绥我思成[⑥]。鞉鼓渊渊[⑦]，嘒嘒管声[⑧]。
既和且平，依我磬声[⑨]。於赫汤孙[⑩]！穆穆厥声[⑪]。
庸鼓有斁[⑫]，万舞有奕。我有嘉客，亦不夷怿[⑬]。
自古在昔，先民有作。温恭朝夕，执事有恪。
顾予烝尝[⑭]，汤孙之将。

**【注释】**

①猗（ē）与那（nuó）与：犹“婀欤娜欤”，形容乐队美盛之貌。　②置：竖立。　③简简：鼓声洪大。　④衎（kàn）：欢乐。　⑤汤孙：商汤之孙。奏假：祭享。　⑥绥：赠予，赐予。　⑦渊渊：鼓声。　⑧嘒（huì）嘒：象声词，吹管的乐声。　⑨磬：一种玉制打击乐器。　⑩赫：显赫。　⑪穆穆：和美庄肃。　⑫庸：同“镛”，大钟。　⑬夷怿（yì）：怡悦。⑭顾：光顾。

## 烈祖

嗟嗟烈祖，有秩斯祜[①]。申锡无疆[②]，及尔斯所[③]。
既载清酤[④]，赉我思成。亦有和羹，既戒既平[⑤]。
鬷假无言[⑥]，时靡有争。绥我眉寿，黄耇无疆。
约軧错衡，八鸾鸧鸧。以假以享，我受命溥将。

自天降康，丰年穰穰。来假来飨，降福无疆。

顾予烝尝，汤孙之将。

【注释】

①有秩斯祜：形容福之大貌。 ②申：再三。 ③及尔斯所：犹云“以迄于今”。 ④清酤：清酒。 ⑤戒：至。 ⑥鬷（zōng）假：集合大众祈祷。

## 玄鸟

天命玄鸟[①]，降而生商，宅殷土芒芒[②]。古帝命武汤[③]，正域彼四方[④]。方命厥后[⑤]，奄有九有[⑥]。商之先后[⑦]，受命不殆[⑧]，在武丁孙子。武丁孙子，武王靡不胜。龙旂十乘，大糦是承[⑨]。邦畿千里[⑩]，维民所止，肇域彼四海[⑪]。四海来假[⑫]，来假祁祁[⑬]。景员维河。殷受命咸宜[⑭]，百禄是何。

【注释】

①玄鸟：黑色燕子。 ②芒芒：同“茫茫”，远大。 ③古帝：天帝。 ④正（zhēng）：同“征”。 ⑤方：遍，普。 ⑥奄：包括。九有：九州。 ⑦先后：先王。 ⑧殆：通“怠”，懈怠。 ⑨糦：同“饎”，酒食。 ⑩邦畿：封畿，疆界。 ⑪肇域四海：拥有四海之疆域。 ⑫来假（gé）：来朝。 ⑬祁祁：纷杂众多之貌。 ⑭咸宜：人们都认为适宜。

## 殷武

挞彼殷武[①]，奋伐荆楚[②]。罙入其阻[③]，裒荆之旅[④]。有截其所，汤孙之绪[⑤]。

维女荆楚，居国南乡[6]。昔有成汤，自彼氐羌，莫敢不来享，莫敢不来王。曰商是常。

天命多辟[7]，设都于禹之绩。岁事来辟[8]，勿予祸适[9]，稼穑匪解。

天命降监，下民有严。不僭不滥[10]，不敢怠遑。命于下国，封建厥福。

商邑翼翼，四方之极。赫赫厥声，濯濯厥灵。寿考且宁，以保我后生[11]。

陟彼景山，松伯丸丸[12]。是断是迁，方斲是虔[13]。松桷有梴，旅楹有闲，寝成孔安[14]。

【注释】

①挞（tà）：勇武貌。②荆楚：即荆州之楚国。③罙（shēn）：同“深”。④裒（póu）：通“俘”，俘获。⑤绪：功业。⑥乡（xiàng）：通“向”，所。⑦多辟（bì）：众多诸侯国君。⑧来辟：犹言“来王”“来朝”。⑨祸适：读同“过谪”，谴责。⑩不僭（jiàn）不滥：赏不僭，刑不滥。⑪后生：犹言后代子孙。⑫丸丸：形容松柏枝条挺拔。⑬方：是。虔：砍削。⑭寝：此指为殷高宗所建的寝庙。